ニート極道

気がつけばヤクザになってました

昨夏 瑛／裏世界ラボ

宝島社

プロローグ

「おい知ってるか、あの人の話。今川組《いまがわ》の」

「当たり前だろ。このところ、こっちの業界で牧村《まきむら》補佐の名前を聞かねえ日はねえぞ」

「ありゃ本当なのか。傾いた組をたった一年で立て直したってぇのは」

「今川の動向を見りゃわかるだろ、嘘《うそ》とは思えねえよ。それに牧村補佐は、今川の組長から直接の声掛けで盃貰《さかずきもら》ったって話だが……」

「ありえねえ、あの組は敷居が高くて有名なんだ。部屋住みになるのも厳しいってのに」

「そうはいっても、牧村補佐がいきなり渡世《とせい》に現れたのは事実だし、組に恩義を感じてたのも事実だろ。オヤジの仇討《あだう》ちで単身カチコミして、ム所入ってんだから」

「……確かにな。いきなり銃撃なんざ、よほどの覚悟がねェとできねえよ。じゃあ直《じか》で声かけられたってのも、事実ってことか」

「出所後は大幹部の席が確約されてるらしい。いや、ム所入りしてる間に昇格かもしれねえ」

「そのくらいしても、誰も文句は言わねえさ。あの人は才覚がある」

「才覚だけじゃねえ、侠気《おとこぎ》もある。直接会った連中は数少ないが、みんな口を揃《そろ》えてあの人を褒めるんだ。悪く言うヤツは見たことねえ」

「今川組幹部、牧村ユタカ。――生きる伝説って、ああいう人のこと言うんだろうな」

第　一　章

牧村、ヤクザになる。

「では、お名前をどうぞ」

「俺の名前は牧村ユタカです。よろしくお願いします」

はきはきと答えて頭を下げた青年——下手《へた》をすればまだ高校生くらいにも見える牧村は、面接官に勧められるまま、パイプ椅子に腰を下ろした。

彼と履歴書の写真を見比べた中年の面接官は、穏やかに口を開く。

「情報処理を大学で学んだと」

「はい。これからの世の中、役に立つと聞いたので」

「卒業後は二年ほど空白期間があるようですが、その期間は何を？」

「祖父が体調を崩したので、介護をしていました」

（——嘘だけど）

と、牧村は内心で呟《つぶや》いた。

大学を卒業したのは、約二年前。

ＩＴ系は今後強いという噂《うわさ》を聞いて、それ関係の学部に進学したものの、就職活動は予想以上に難航した。折悪《おりあ》しくＩＴ業界は人材の供給過多になっていた時期で、ホワイト企業は全滅。残るは超ブラックと学生たちから恐れられた悪名高い会社ばかり。それでもどうにか良さそうな就職先はないかと探し回ってみたが、マシと思われる会社は一名採用の枠に百人以上が殺到し、特に経歴に目立ったところのない牧村は、書類選考すら通らなかった。

ＩＴ系は人材不足で就活は難しくない、食いっぱぐれはないし、肉体労働じゃないからキツくもない。仕事しながらでも資格を取れるし、資格が取れれば高時給の仕事に転職して、仕事時間を短縮することもできる。……そう聞いていたのにこの結果。牧村としては騙《だま》されたという気持ちだった。

いつまで企業にお祈りされ続ければいいんだとげんなりし始めた時、就職留年・就職浪人をするという同級生の話が耳に入った。就職留年は新卒というカードを無くさないために意図的に一年留年することで、就職浪人は今春での就職を諦め、次の就活シーズンでの就職を目指すことである。

今年のめぼしい就職先は終わってしまったが、一、二年すれば世の中の状況が変わる。ＩＴのホワイト企業も募集を増やすはずだ、だからそこに賭けると疲れ果てた目で言う同級生たちに、そこまでするかと牧村は唖然《あぜん》とした。そして同時に「あ、そっか」と思ったのだ。

留年は学費がかかるから親に悪い。一年後に賭けるとしてもたかが一年くらいで状況が変わるとは思えない。だったら開き直って数年間、就活情勢が変わるまで時機を待てばいい。

そうだ、そうしよう。別に就職しないと言っているわけじゃない。数年就職を遅らせるだけ。今焦ってブラック企業で働きだして体も心も壊れてしまうよりは、数年後にホワイト企業に就職した方がいいに決まってる。

そう決めた牧村の心は清々《すがすが》しさで満ち溢《あふ》れた。焦燥感に囚《とら》われた顔で卒業していく同級生たちを尻目に、ご機嫌で卒業証書を受け取り大学を後にした。頭の中はこれから訪れる長い春休みに何をするか、そんな希望でいっぱいである。

牧村はすべての就職活動を放棄し、意気揚々と自分の子ども部屋に引きこもった。両親は牧村が自室でエントリーシートを書いたり就職先を探したりしているものと思い込んでいたようだが、牧村はもっぱらソシャゲや漫画、ネットの視聴に時間を費やした。就活という重圧から開放され、この世の春を謳歌《おうか》していたのである。

そんな日々が長くなるにつれ、次第に親も「あれ、うちの息子、もしかして就活サボってる……？」と気づき始めて、それとなく小言を言うようになってきた。しかし牧村の「だってもうシーズン終わっちゃったから、採用少ないんだよ」という言葉で、一応黙りはしてくれた。牧村としては嘘をついている気は全くない。就活をしていないという部分を伏せているだけで。

父親からはせめてバイトでもしてはどうかと言われたが、牧村は動かなかった。というのも牧村は物欲が薄く、金のかかる趣味もない。ソシャゲだって無課金だ。使うといえば駄菓子を買ったりコンビニのホットスナックを買ったりする程度で済んでしまうので、今まで貰っていたお年玉貯金と、極稀《ごくまれ》にする単発のアルバイト代で充分足りてしまったのである。

そして一年が過ぎ、再び就活シーズンが訪れた。

が、当然牧村は何もしなかった。まだ時期尚早という判断だ。親は幾度となく就活の進捗を確認してきたが、面倒だったのでのらりくらりと返答を避けて自分の子ども部屋に引きこもった。子ども部屋でノートパソコンに向かっていれば、なんとなく就活しているように見えるので、多少は誤魔化せたのだ。パソコンは有能な人間にも無能な人間にも、非常に便利なツールである。そんな牧村に、目に見えて苛立《いらだ》ったのは父だった。

――これはまずい。息子が人生のレールから外れてしまう。いや多少は外れてもいいと思っているのだが、せめて本人に焦りが欲しい。あるいは将来どうしたいという展望が聞きたい。

親としては至極当然の願いだったが、何を言っても当の息子は「今焦ったって仕方ないじゃん」というばかりで、あっけらかんとしている。就職できずに悩んでいる様子もなく、家に引きこもっている気まずさも見せない。朝は炊きたてご飯と味噌汁《みそしる》とベーコンエッグの朝食をとり、昼はゲームをしながら駄菓子やコンビニのホットスナックで済ませ、夜は唐揚げにサラダ、冷奴《ひややっこ》などで腹いっぱいにして「あー美味《おい》しかった！」とまた鼻歌交じりで部屋に戻っていく。

あまりの自由さに、牧村の父は頭を抱えた。

牧村はというと、父親の態度に鬱陶しさを感じ始めていた。母親はいい。若干天然というか、何を考えているかわからない部分もあるが、もともと楽観的な性格をしているのでそこまで悩んでいる様子もない。たまに「ユタカ、就活いいの？」と不満げに言ってくることもあったが、適当に流せばそれ以上突っ込んでこない。しかし父親の方はそうはいかなかった。小言は日々増え続け、苛立ちが募っているのも見て取れた。

「ったく、別に就職しないとは言ってないじゃん。時機を待ってるだけなのに。ほんと忍耐力ねえよなー、我慢が足りないんだようちの親！」

などと毒づいた牧村は、逃げ場を求めた。近所に住む祖父母の家である。

もともと孫に甘い祖父母は、ちょくちょく足を運ぶようになった牧村をあたたかく受け入れてくれた。ちょうど祖父の足腰が弱ってきたこともあり、二人だけの暮らしが不安だったこともあるのだろう。遊びに来てはゲームばかりしている孫でも家の中にいれば嬉《うれ》しいようで、祖父母はせっせと牧村を甘やかした。

そしてまた一年。牧村は我が世の春を謳歌した。

二度目の就活シーズンを終えた頃、祖父の足はいよいよ悪くなり、サービス付き高齢者住宅に引っ越すことが決まった。現在の家から公共交通機関で三時間ほどもかかってしまう遠方の施設だったが、元々祖父母の出身県であったたし、そのサービス付き高齢者住宅には、祖母の兄弟が先に入居していたのも都合が良かった。

都合が悪いのは牧村である。祖父母の家という逃げ場所をなくし、口うるさい父親がいる自宅で引きこもるしかなくなったのだ。二度の就活を完全スルーした息子に、父が限界を迎えるまでそう時間はかからなかった。

「ユタカ！　お前はいつまでニートやってるつもりだ！　いい加減にしろ！」

「何急にキレてんだよ！　就職はするって言ってるじゃん！」

「そう言いながらもう二年だぞ！　二年間お前は何をしてた！」

「……ゲーム？　あ、ネットも見てたし、あと漫画も」

「そういうことを言ってるんじゃない！」

じゃあどういうことだよとキレ返してはみたものの、父親の勢いは凄《すさ》まじい。助けを求めて母親の方を見ると、母親は笑顔で「ガンバ☆」的なジェスチャーを送ってきた。牧村の母はこういうところがある。父親は極端に打たれ弱く動揺しがちだが、母は異様に動じない。バランスのよい夫婦である。

「このままじゃダメだ、お前が腐る、ロクでもない人間になる！　お前をまっとうに生きさせるために、父さんは鬼になるぞ！」

「は？」

父親から押し付けられたのは、大きなボストンバッグだった。見覚えのあるそれは、中学高校の修学旅行で使ったものだ。

「えっ何これ」

「就活用のスーツとお年玉貯金の通帳に保険証、年金手帳にマイナンバーカード、お前の最低限の私物を入れておいた！　他に必要なもの詰め込んで、一週間以内にこれを持って出て行け！」

「はあぁぁぁあ？」

冗談だろ、と思ったが父の顔は真顔である。母を見るともう一度「ガンバ☆」のジェスチャー。いやそれはもういい。とにかくこのキレ散らかした親父をどうにかしてほしい。

その願いも虚《むな》しく、ひたすら仁王立ちで威圧する父親にげんなりして、牧村はバッグを抱えて部屋に戻った。父が怖いのではない。ただ目を剝《む》いて俺は怒ってるんだ、怖いだろう！というポーズを取り続ける父が情けなくて嫌になったのである。牧村自身もそうであるが、父親も他人と暴力的なやり取りをした経験がほぼない。なので威圧のポーズもどこか不慣れで弱腰で、牧村が保育園児ならそれでも怯《おび》えて「パパごめんなさい」と謝っただろうが、二十四歳になろうとする今は物悲しく見えて仕方なかった。

「くっそ……なんだよ、意味わかんねーよ」

そういえば最近、牧村がコンビニから帰ってきた時に、父がリビングでテレビを真剣な顔で観ていたのだが、その時の番組は「ザ・ノ〇フィクション」だった気がする。しかも多分、引きこもりを抱えた家庭の未来のような、そんな放送回だった。それに影響を受けたのは間違いない。

「はー……マジかよ……」

ため息をつきつつ、牧村はノロノロとボストンバッグの口を開いた。正直このまま居座りたいとも思ったが、あの父親の「お怒りポーズ」を見せられ続けるのは気が滅入る。それだったらどこか適当なところで住み込みで働いたほうが、まだマシに思えた。

そもそも今まで、小中高大と一日八時間近く学校にいるのが普通だったのだから、それが仕事の時間に代わるだけだ。いずれ就職はするつもりだったのだし、それならそれでいいかと牧村は気を取り直してバッグに次々と私物を放り込んでいった。とはいえ生来、物に執着がないので、たいして持ち出したい物もない。それが済むと改めてノートパソコンに向かった。今度こそ本当に、就職活動を再開したのである。

三日後。応募からスムーズに面接まで漕《こ》ぎ着けたのは、とある人材派遣会社だった。派遣会社に登録したわけではなく、派遣会社の事務員として応募したのである。どんな職種でも、牧村としては家を出られさえすれば問題はない。できれば事務系で一定の収入が得られ、寮があればそれで良かった。

そして今日、一通りの質疑応答を終えた牧村は、目の前の面接官の顔を息を呑《の》んで見つめた。面接官は再び履歴書に視線を落としている。今川興業というこの会社は、かなり条件が良かった。おそらく牧村以外にもたくさんの応募者がいるだろう。受かってくれ……！　と心の中で祈る。どうしてもここで働きたいわけではない。単に就職活動を何度もするのが面倒だからである。

「……寮付きの職場を希望で、即日就労可能、と」

「はい！　よろしくお願いします！」

面接官はちらっと腕時計を見た。そして顔をあげて朗らかに笑う。

「いいですね、では、明日から勤務お願いします」

「えっ、ほんとですか？」

「ちょうどあなたのような若い人が足りなくて、困っていたんですよ。古い人ばかりで、パソコンも不慣れでねえ。今日顔出しに行ってもいいんですが、もうこんな時間なので……明日の朝、九時にもう一度こちらに来ていただけますか。その時に寮にもご案内しますので、荷物を持ってきてください」

「あっ、ありがとうございます！」

（すごい！　もう決まった！　やるじゃん俺！）

内定を得て、牧村は意気揚々と雑居ビルを後にした。

振り仰いだ空は蒼《あお》く澄み、晴れ晴れとした今の心境を映し出しているようだ。

（んだよ、ＩＴに拘《こだわ》んなきゃ簡単じゃん！　……肉体労働じゃないし、給料だって悪くなかったし！　派遣会社ってのがちょっと不安だけど、合わなかったら二、三年働いて、いったん子ども部屋に戻ればいいよな！　そんで、またちょっとのんびりしたら、次こそホワイト企業に就職だ！）

牧村は心の中で高らかにそう宣言した。

しかしこの瞬間から、牧村の未来は、予想もしなかった方向に進み始めるのである。

「それじゃ、ここが牧村さんの勤務先兼、寮になります。今日は引っ越しもあるだろうから、それが済んだらその後で色々入社処理をしてもらって、就労自体は明日からでお願いしますね。あぁ、ちゃんと今日の分も、賃金は出ますから」

「ありがとうございます！」

牧村が連れてこられたのは、予想以上に大きな建物だった。てっきり面接を受けた時のような雑居ビルの一室か、せいぜいワンフロアの会社だろうと思っていたのに、この建物は今川興業の自社ビルだという。一階は分厚いシャッターが下りていて、どうやらそこは車庫兼倉庫のようだ。派遣会社の事務とは聞いたが、倉庫には何が保管されているのだろう？

コンクリートの階段を上りながら、牧村は首を傾《かし》げる。まぁいい。力仕事は無いと言っていたし、仕事内容も簡単な事務とのことだった。働いてみて条件が合わなければ辞めればいいし、この仕事だってすぐ見つかったんだから、辞めたって次が見つかるだろう。

ドアはオートロックのようだが、不思議なことに面接官がドアの前に到着すると、ほとんど同時に「ガチャッ」と音がしてロックが外れた。内側に誰かが待っていたのかと思ったが、面接官がドアを開けても誰もいない。首を傾げつつ中に入ると、ドアが閉まって再び重い音でロックがかかった。やはりオートロックだ。

ということは面接官がキーレスエントリーのような何かを持っているか、誰かが出入口を見張っていて、人の入退室を管理しているのかもしれない。しかし一般企業でそんなことするだろうか？　ただの人材派遣会社に見えて、実は相当な重要機密を扱う会社なのか？

「そこで靴を脱いでくださいね。下駄箱《げたばこ》は右。スリッパがありますので、どうぞ」

「あっ、は、はい！」

備え付けられた大型の下駄箱に靴をしまい、スリッパを引き出す。スリッパが入っていた棚には、社員用なのか他にもさまざまな室内履きが入っていた。スリッパだと転びやすそうだしなー、もし長く働くなら上履きを買おうかな、と思いつつ、牧村は面接官の後をついていく。

「ここがメインの居室です。基本的には、ここで仕事をしてもらいます」

面接官は一枚の扉の前で足を止めると、ノックしてドアを開けた。

「明日から就労される、新しい事務の方を連れてきました」

「よっ、よろしくお願いします！」

牧村は反射的に頭を下げる。お辞儀する前にちらっと見えた感じでは、思ったよりきちんとした事務所に見えた。無機質だが清潔そうな室内に、デスクとパソコン、それからこちらを見ているスーツの男性社員たち。全員、妙に眼光が鋭かった気がするが、それもこれから働く新入社員を品定めしているのだと思えば仕方がない。

「おお、決まったか。人手不足で困ってたんだ、頼むよ」

穏やかな低い声に、牧村は顔を上げた。見れば奥の席からサングラスの男性が立ち上がったところだった。牧村の父親より年齢は上だろう、貫禄《かんろく》があり恰幅《かっぷく》がよく、いかにも重役といった風情だ。

「名前は？」

「ま、牧村ユタカです！」

「ウチは見ての通り、若いモンが少なくてな。パソコンも苦手なヤツばっかりだ。そっち系の学校出たって聞いてるから、期待してるよ」

「はっ、はいっ！　頑張ります！」

半ば声が裏返ってしまったが、静まり返っていて誰も笑わないのが怖い。これが大人の職場なのだろうか。社会人になるというのは中々精神的にくるもんなんだな……と内心で冷や汗をかいた牧村を、面接官が促した。

「じゃあ、行きましょう。まずは引っ越しの荷ほどきをしてしまわないと。寮はこの隣の部屋だから、好きに使ってくださいね」

「はい。……隣？」

廊下に出た面接官は、廊下を挟んだ個室へと向かう。

「どうぞ」

「し、失礼しま……えっ」

（これ……倉庫じゃないか？）

第一印象は、使っていない倉庫。天井の配管はむき出しで、四方の壁は灰色だ。床も同じく灰色のタイル貼りで、壁際に置かれたパイプベッドの違和感がすごい。

(倉庫っていうか、刑務所みたいな……俺、ここで暮らすの？　寮があるとは聞いてたけど、これ、寮って言える？)

「あ、あのー……これ、寮……ですか？」

「そう」

牧村の問いに、面接官は笑顔で答えた。そういえばこの面接官、会話をする時は常に笑顔だ。そのことに気づいた牧村の背に、怖気《おぞけ》のようなものが走る。

「職場と近いけど時間外業務とかはさせないから。ちゃんと毎日定時上がりだし、希望すれば食事も出ますよ。テレビとか家具なんかもすぐに運んでくるから、荷ほどきしながら待っててくださいね。それとこれ、明日からの業務マニュアル」

手渡された一冊の薄いファイルを開くと、この会社「今川興業」の出勤時間や服装などの就業規定がごく簡単に書かれていた。就業経験のない牧村には、その規定が一般的なものかそうでないのかはわからない。ただ内容に関して言えば、特に強い違和感はなかった。一箇所「業務に関することの一切は、他言無用」という部分に二重線が引かれていたのは気になったが、これは企業の守秘義務というやつだろう。

「ファイルの中に就労するにあたっての契約関係の書類も入ってますので、明日までに目を通して、付箋が貼ってある箇所に署名・捺印《なついん》お願いします。判《わか》らないことがあれば、明日誰かに聞いてください」

「わかりました」

「じゃ、私はこれで失礼します。住み込みで大変だとは思いますが、長く続けられるよう頑張ってください」

面接官は有無を言わさぬ口調で言って、部屋のドアを閉めた。

あまりにもあっさりした消え方に、一人残された牧村は呆然《ぼうぜん》とドアを見つめ、

「そういえばあの人、名前も名乗らなかったな……」

と、呟いた。

荷ほどきといっても、所詮ボストンバッグ一つで大した量はない。着替えを出して、パソコンをネットに接続する。水回りは外にあるようだが、後で確認しなくては……と思っていると、廊下から複数人の足音がした。

「牧村くん、いるかい」

「はっ、はい！」

「家具持ってきたからよ、ちょっと入っていいか」

現れたのは三人の男性だ。うち一人はさっき見なかった顔のように思える。その男は牧村と目が合うと、ニコッと明るく笑った。

「さっき、事務室に挨拶に来たんだろ？　俺はこれ取りに行ってて席外してたんだ。中古品で悪いが使ってくれ」

「あ……す、すみません、ありがとうございます！」

「俺ァ中村《なかむら》だ、よろしくな」

あっという間に部屋の一角にテレビ台とテレビが設置され、最後に小さな本棚を運び入れて男たちは出て行った。引っ越し業者かというほどの手際の良さだ。そういえばこの会社は人材派遣業なので、彼らはいわゆる「現場」で働く人たちかもしれない。派遣会社の中には、人手がどうしても足りない時、場合によっては社員が現場に向かうこともあると、そんな話を聞いたことがあった。

（……俺は事務員だから、そうはならないよな……？）

少々不安に思いつつ、牧村はスーツを脱いで着替え、ベッドに腰を下ろした。室内は確かに倉庫じみてはいるが、寝起きする分には特に問題がなさそうだ。ただやはり目につく範囲に水回りがないのは気になる。外に出て確認してこようかと思ったが、牧村は私服のパーカーとジーンズ姿になってしまった。これで社内の廊下をうろついていいのだろうか。

(住み込みって言っても、ここまで職場直結とは思ってなかったしなあ……)

これが就業時間外なら、私服で歩き回るのもそう抵抗はない。だが今はまだ午前中であり、皆が働いている時間だろう。さすがにちょっと……と、思ったが、トイレに行きたくなったら結局はここを出なければいけないのだ。

(……風呂トイレだけ、こそっと確認してこよう。あと洗濯機があるかとかも……)

そうっとドアを開けると、廊下は静まり返っている。事務室にはそれなりの人数がいるはずだが、話し声も聞こえてこない。そうかこれが会社というものか、すごい緊張感の中でみんな働いてるんだなと、牧村の不安が高まった。

牧村の就労経験は少ない。少ないというか、一箇所で長く働いた経験がないのだ。大学に募集がくるパソコン講師のアルバイトや、郵便局の年末年始の仕分け作業など、働いても数日から十日程度の短期のものばかりだった。だがこの会社ではどのくらい長く働くことになるのだろう？ ドアを開けたら職場という徒歩ゼロ秒の距離感で、住み込みとなると逃げ場がない。本当にここでうまくやっていけるのか、今更ながら及び腰になっていた。

殺風景な廊下に出てみると、牧村の部屋の隣が給湯室になっていたことに気が付いた。更にその奥がトイレや洗面だ。水回りが近いことに安心するも、シャワールームのような場所はないのかと首を傾げる。住み込みを受け入れているならそういう設備もあると思っていたのだが、もしかしたら風呂は銭湯に通えということだろうか。誰かに聞けばいいのかもしれないが、誰に聞けばよいのかもよくわからない。困ってうろうろしていると、事務室の方から二人、年齢不詳の男たちが小走りにやってきた。下駄箱の前に整列してびしっと脚を止める。誰かを出迎えるようだ。

現れたのは体格の良い五分刈りの中年男だった。四十歳は過ぎているだろうか、厳《いか》つい外見で、目つきが鋭い。買い物でもしてきたのか、手には大きな買い物袋を提げていた。

「ご苦労様でございます！」

出迎えた男たちが軍人のように揃って頭を下げる。厳つい男は鷹揚《おうよう》に頷《うなず》いて、重そうな買い物袋を男の一人に手渡した。

「ン？」

「っ」

厳つい男と、ばっちり目が合った。牧村は反射的に姿勢を正して頭を下げる。

「あっあのっ、事務で採用された牧村です！　よろしくお願いします！」

やっぱり私服でうろつくんじゃなかった、明らかにこの人重役じゃないか。いやそれ以前に、さっき部屋に来た「中村」という男性も、他の二人を顎《あご》で使っている雰囲気があった。

ということは、もしかして相当な上役の人たちなのか？　先に役職とか言ってほしかった、心の準備ができてない。

「……事務？」

「え、あ、はい……」

「若ェな、高卒か？」

「いえ、大卒です！」

「ここで働けって言われたのか」

「そ、そうですけど……」

手違いがあったのだろうか。男は怪訝《けげん》な顔で、何か深く考え込んでいる。張り詰めた沈黙の後、男はふと大きな声を上げた。

「おい、中村！　ちょっと来い！」

廊下の突き当り、事務室のドアが開いて先ほどの中村が顔を覗《のぞ》かせた。片手には週刊少年マガジンを持っているから、休憩中だったのだろう。

「なんだよ野口《のぐち》、うるせえな」

「新人の勤務先、事務所でいいのか。別の場所で事務だけやらすのかと思ってたんだが」

「本人が住み込み希望なんだよ」

「住み込み？　……部屋住みじゃなくてか」

「普通に住み込みだよ。それに前任者みたいなこともあるから、目につくとこで仕事してもらった方がいいだろ」

「……」

部屋住みとはなんだろう。住み込みと何か違うのか。

それに前任者はいったい何をしたんだ。無断欠勤からのバックレとか、そういうことだろうか。なんにせよ空気が怖ぃ。

野口と呼ばれた男は、改めて牧村を振り返った。ちなみにこの間、野口を出迎えた男性たちは直立不動のままである。野口は牧村の上から下まで眺めて、やがて軽く息を吐いた。

「まぁいい、仕方ねえ。部屋はどこだ」

「あ、あの……すぐそこで」

「そこ？　……中村、三階じゃダメだったのか」

「上の部屋、エアコンの配管がどうとかで業者が入ることになってたろ。それが来週あたりだったから、とりあえず二階に用意したんだ。引っ越し早々工事じゃ落ち着かねえだろうしな」

「ああ、そんな話もあったな。じゃあ当面二階でいいか……牧村、だったな」

「は、はいっ」

「上のフロアに風呂場やキッチンがある。だからここじゃあ、場所的にちっと不便だろうが、工事が終わったら上の部屋に移ってもいい。ひとまずここで勘弁してくれ。それと、メシはどうする。昼と夜は」

「えっ、あ、あの……色々必要なものもあるし、ついでにコンビニで何か買ってこようかと」

「そうか、必要なら言えよ。用意するから」

そういえば面接の際にも、希望すれば食事が出ると言われたのだった。その時は学生寮のような場所をイメージしていたので何とも思わなかったのだが、この倉庫のような、悪く言えば刑務所のような「寮」でどんな食事が出るのだろう？　正直、あまり期待できそうにないのだが……。

「……ちなみに、どんなご飯が……」

好奇心に負け、牧村はおずおずと問いかけた。野口は微動だにせず返答する。

「今朝は鮭《さけ》と大根の味噌汁に握り飯だった。今日の昼はナポリタンと枝豆のシチューで、夜は唐揚げとグリーンサラダとかきたま汁。あとは沢庵《たくあん》と白菜の浅漬けの予定だな」

何それ美味しそう。

朝ご飯にボリューミーな味噌汁は素晴らしいし、昼のナポリタンも心惹《ひ》かれる。枝豆のシチューなんて食べたことない。唐揚げは大好物な上、黄色くて甘じょっぱい沢庵はご飯のお供に最適だ。いや、最適ではないかもしれないがとにかく好きだ。おにぎりの横に添えてあったりすると色も綺麗《きれい》でテンションが上がる。

（え、そんな美味しそうなご飯食べさせてくれるの？　食べていいの？）

思わず黙り込んだ牧村を見て、中村が笑った。

「ウチのメシはうまいぞ。それにタダだしな、食ってみちゃどうだ？」

「タダ？」

「福利厚生の一環って思ってくれりゃいい。まァ好みがあるから、コンビニ飯の方がいいなら押しつけやしねえが」

タダより高いものはないというのは世の常である。福利厚生とは言われたが、その分食費として給料から引かれるのではないだろうか。あるいは、この会社は派遣業の他にも弁当屋か何かをやっていて、その廃棄になった商品が回ってきているとか。

様々な疑問が浮かんでしまい、お願いしますともいりませんとも答えられない。牧村が迷っていると、野口はそっけなく言った。

「よけりゃ用意しとくぞ。十二時と夕方六時半に、三階のキッチンまで取りに来い」

「あっ、ありがとうございます！」

頭を下げている間に、踵《きびす》を返して野口と中村は去っていった。男二人もそれに従い、牧村は全員の姿が見えなくなってから息を吐く。

なんだろう、この緊張感。部屋に家具を持ってきてくれたり、食事の心配をしてくれたり、別に嫌なことは何一つされていないのだが、やたらと空気が硬い。このビルの中、すなわち事務所の中には、常に一定の緊張感が漂っているのだ。自衛隊とかに入ったらこんな感じなのだろうか。

(なんか……あんまり良くない会社に入っちゃったのかも……)

牧村は希望に満ち溢れた入社後、僅か数時間にして今川興業を辞めたくなり始めていた。

再び気が変わったのは、その二時間後。昼食の時間である。

休憩時だというのに静まり返っている社内に戦々恐々としながら、牧村は三階に上がった。三階は二階に比べどことなく壁や床が暖色系な上、通りすがりに見えた空き部屋もそれなりに雑然としていて、「寮」と言われればそう思えなくもない。二階は目の前が事務室だし、どこもかしこも埃《ほこり》一つない清潔さなので、廊下に出ることも躊躇《ためら》ってしまうのだが。

階段を上がってすぐ隣は洗面所で、奥には洗濯機や風呂場も見えてほっとする。住み込みである牧村はそこを使えばいいのだろう。洗濯機は見慣れない形だが、使い方がわからなければ、型番を調べてネットで説明書を見てみよう。少量の洗濯ものなら、風呂に入ったついでに手洗いしてしまってもいいかもしれない。そんなことを思いながら角を曲がった突き当り、牧村の部屋のちょうど上に位置する場所には、家庭用より少し広めのダイニングキッチンがあった。

壁際に業務用のような大型の冷蔵庫が二つ据えつけられていて、床には野菜やお菓子、インスタント食品が入った段ボール箱がいくつも置いてある。調味料も部屋の隅でプラスチックのケースに入れられ、山と積まれていた。そして中央のダイニングテーブルに向かい、年季の入った椅子に座って煙草《たばこ》をふかしていたのは中村だ。ちょうど昼食を終えたところのようで、中村の前には汚れた平皿が残っている。

「よう、来たか！」

明るく言って、中村は煙草を平皿に押し付け揉《も》み消した。うわ、と思ったが、牧村が来たから消してくれたのかと思うと、その行為を悪く思うのも気が引ける。

「悪いな、食後の一服ってやつでよ。換気扇回ってるから、すぐ臭わなくなると思うんだが」

「っとに、ここで吸うなっつってんだろ」

「いいじゃねえか、一本くらい」

「それに皿を灰皿代わりにするんじゃねえ！」

「携帯灰皿、下に忘れてよ」

「だったら吸うなつってんだろが！」

中村の奥には野口もいて、お玉を片手に中村に向かって文句を言っている。もしかして配膳は、各自でご自由にというスタイルなのだろうか。だとしたら野口もこれから昼食なのかもしれない。

「牧村、ここで食ってもいいし、部屋持ってってもいいぞ。どうする？」

「食ってけよ、皿また持って上がってくんの、面倒だろ？」

「じゃ、じゃあ……ここで頂きます」

「座ってろ、よそってやるから」

中村が引いてくれた椅子に腰を下ろすと、野口がどこか懐かしい感じのトレーを牧村の前に置いてくれた。ピーマンが彩りに載ったナポリタンと、湯気を立てるシチューがうまそうだ。手渡されたフォークを片手に、まずはナポリタンを一口。

（美味しい！）

パスタに絡むソーセージには焦げ目がついていて香ばしく、太めの麺がどこか給食のソフト麺を思い起こさせる。牧村の母もたまにスパゲティを作ったが、彼女はもっぱらミートソースやタラコスパゲティ派で、ナポリタンが食卓に上ることはほぼなかった。その結果、牧村にとってナポリタンといえばお子様ランチの端に添えてあるもので、主食にするという認識があまりなかったのだが……。

（え、普通にうまいじゃん、ナポリタン。なんで今まで食わなかったんだろ。ケチャップ味最高！）

ならばシチューの方も期待できるのでは、と、スプーンを手に取り口に運ぶと。

（枝豆うま！）

枝豆とコーンに、ベーコンや他の定番野菜が入ったシチューは具沢山で、ぐずぐずに煮こまれたブロッコリーやキャベツが「体にいいものを食べている」という気分にしてくれる。それに普通のホワイトシチューよりコクがあるというか、独特のうまみがあるのだが、なんだろう？　ルーに違いがあるんだろうか？

「どうした、チーズ苦手か？」

「チーズ？　このシチュー、チーズが入ってるんですか」

「これだ」

野口が見せたのは粉チーズだった。なるほど、粉チーズを溶かしこんであるのか。

「ナポリタンもチーズと合うし、シチューに入っててもおかしかねえだろ」

「はい、すごく美味しいです！」

元気よく答えた牧村に、中村はテーブルへ身を乗り出して笑った。

「なんだ、でかい声出るじゃねえか。会った時から変に弱弱しいから、大丈夫かよって思ってたんだが」

「……す、すみません。緊張しちゃってて」

「まぁいきなり住み込みだもんなぁ、息苦しいよな。にしてもなんで住み込み希望だったんだ。家、遠いのか」

「え、えーと……親に、自立しろって言われて、出て行けと」

「そりゃまた、随分厳しい親御さんだな」

「は、ははは……」

「最近は実家暮らしを、『こどおじ』なんつって馬鹿にするもんな。それで余計厳しくしなきゃと思ったのかもしれねえな」

「ああ、言いますよね、『子ども部屋おじさん』とかって……」

「部屋で思い出した。今、二階で寝起きしてもらうことで話が進んじゃいるが、やっぱり三階の方がいいか？　こっちの方が風呂や飯場が近いしよ。二階は他の連中もうろつくから、落ち着かねえだろうし。工事終わったら、移ってきてもいいぞ。……ただなぁ」

「ただ？」

「出るんだよなー、三階の部屋」

「……出る？　って、あのー……ゴキブリとか、ネズミとか」

「や、幽霊」

「幽霊……⁉」

フォークが手から落ちて皿に沈んだ。焦る牧村に野口がティッシュを差し出してくれたので、ありがたく汚れた柄《え》を拭く。野口は何かを思い出すように腕を組んだ。

「住み込み用の部屋に出るらしいんだよな。俺も何日か寝泊りしたが、直接は見られなかった。カメラにゃ写るんだが、人型のがぼやっと見えるだけで、面白味がねえんだよ」

(この人もしかして、幽霊見たくて泊まり込んだ⁉)

「だよなー、俺も張り込んだけどよ、全然ダメだった。ありゃ見るのにも才能がいるな」

「やっぱ二、三日寝泊りしたくらいじゃダメだな。次は一か月くらい時間かけてみるか。いっそ俺が住み込んで」

「アホ、お前の立場でンな真似すんじゃねえよ」

「ちょっと待ってください！　それ、結構怖い話なんじゃ……」

声を上げた牧村に、中村と野口は不思議そうな顔をした。

「怖い？」

「怖いじゃないですか！　幽霊ですよ⁉」

「……撮れ高のことしか考えてなかったな」

「俺も」

(何この人たち⁉　神経図太いの？　それともユーチューブで配信でもやってんの⁉)

子どもの頃、心霊番組を見て夜中にトイレに行けなくなった身としては、この二人のリアクションが信じられない。いやまあ三、四十代の男が幽霊に本気で怯える方がおかしな話かもしれないが、それにしたって肝が据わりすぎてはいないだろうか。

「野口はオカルト系好きだし、俺も野口と一緒にそういうの見てっから、怖いって概念なくなっちまったんだよなー」

「あれはああいうもんってだけだからな。結局のところ、生きてる人間の方が怖いんだよ」

「……正論ですけどー」

「ま、ふらっと出るだけだから、基本無害だぞ。心配すんな。ネズミとかと違ってモノ齧《かじ》らねえし、伝染病持ってこねーし」

「あの、ほ、他の部屋に、出たりは……」

「ないない、その部屋だけ」

「なんでその部屋に……？」

「あー……」

中村は野口に視線を向けた。野口は無言で冷蔵庫を開け、牧村を振り返る。

「特に理由はねえよ、幽霊がその部屋、気にいってんだろ」

「そ、そうですか……」

腑《ふ》に落ちない牧村の前に、何かがトンと置かれた。ヤクルトである。

「えっ、これ、貰っていいんですか」

「やる、飲んどけ」

「ありがとうございます、ヤクルト好きです！」

「それな、俺がスロで取ってきたんだ。景品だよ」

「スロって、パチスロですか？　景品ってこんなのもあるんだ……菓子パンとかスナック菓子とか、煙草のイメージでした。中村さん、パチスロよく行くんですか？」

「なんだ牧村、スロやったことねえのか。景品多いぞー、アニメキャラのグッズとかもあるしな」

「へー、面白いですね。欲しいキャラのがあったら、頑張っちゃいそうですね」

「俺も子どもにアンパンマンのギターセットやりたくてよ、メダルで景品交換して持って帰ったら、近所のホームセンターで千円で売ってて、ショックだったなぁ。俺ァ結構突っ込んだのによ」

「あはは、そういう小さい子向けのおもちゃ、妙に安かったりしますよね。景品の方は、金額だといくらくらいで交換したんですか？」

「えーと、確か……」

「おい牧村、いいからとっとと食っちまえ。冷めるだろ」

「あっ、す、すみません！」

野口に叱られ、牧村は慌てて食事を再開した。中村と野口はスロットのメダルの値段などについてを話している。牧村には全く縁のない世界の話なので、最初はいまひとつわからなかったのだが、スロットで勝つにも色々条件があるようで、聞いていると面白い。中村は話が上手だ。それに野口は雰囲気が怖いのだが、発言内容は気遣いが多い気がする。時折二人とも、妙に鋭い目をする時があるが、それ以外は概《おおむ》ね友好的だ。初めての場所で食事をする気負いが、抜けていくのを感じる。

（……もしかして、結構いい職場かも？）

楽しく食事を終えて自室に戻った牧村は、すっかり朝の憂鬱な気持ちがリセットされていた。ご飯が美味しいのは良いことである。晩ご飯の唐揚げも、この分なら期待できそうだ。ただ料理した人の姿がないのは気になった。誰かが作り置いて行ってくれたんだろうか？

「……ま、いっか。そのうち、作ってる人に会うこともあるだろ」

牧村はいそいそと買ってきた日用雑貨の整理を始めた。三階に出るという幽霊の話は、この夜一人シャワーを浴びている時に思い出して軽く悲鳴を上げるのだが、この時点ではすっかり忘れてしまっている。良くも悪くも牧村は場の空気に流されやすいのだ。

夕方五時を過ぎると、帰宅時間になったのか人が退出していく気配を感じた。若手社員たちは見送りもしているようで、威勢のよい挨拶が響いてくる。あれは自分も明日からやらなければならないんだろうか、さすがにそれは嫌だなあ……などと思いつつ、牧村はスマホを開いた。ラインの着信通知があったのだ。相手は母からだった。本文はたったひとこと。

『どう？』

気にかけてもらっているという安堵《あんど》と同時に、行き場のない憤りが湧き上がる。

(んだよ、自分たちで追い出したくせに！)

自宅にいた頃、父親はともかく母親は何度か正論で牧村を諭したのだが、それに反論できた記憶がない。今思い返せば、それが悔しいやら恥ずかしいやら。ラインを無視しようと思ったが、これも今まで育ててもらった礼儀かと『メシがうまかった』という一文だけを送信する。その後は特に返信がない。ドライというか、マイペースな母親である。

「……ま、やってくしかないかぁ」

牧村はベッドに寝転んだ。昨日まで寝ていた子ども部屋のベッドの寝心地とは随分違うが、これもきっと何日かすれば慣れるのだろう。

そして出勤初日。

特に朝礼とかそういったものはないとのことなので、牧村は始業時間の九時にスーツで事務室に向かった。中高年の男性が出迎えてくれたのだが、北岡《きたおか》と名乗ったその人は事務局長なのだという。野口や中村よりも、年齢は一回りほど上だろう。歳《とし》の割には引き締まった体格をしているので、スポーツか何かやっているのかもしれない。

「任せたいのは、本当にただの事務なんだ。一応、データはここにあるんだが……」

見せてもらったのは、ごく普通の経理データだった。入出金が書かれ、販売した商品とその単価、在庫等が入力してある。この会社は人材派遣業の他に、販売業務等も行っているようだ。ただし商品名は「S」とか「M」とかで、一体何を売っているのかはよくわからなかった。

他にも「リース料」「清掃料」など、色々な項目が並んでいる。領収証や請求書などが溜《た》まっているので、ここにそれを入力して、領収証の類《たぐい》もファイリングしてほしいのだとか。

「あとは、訪問者の方を頼みたいな」

「訪問者っていうと……お茶出しとかですか」

「それは別のヤツがやるから、記録してほしいんだよ。誰が来たか、何時に来て何時に帰ったかってのを残しといてくれ。訪問者の名前は、茶出ししたヤツに聞きゃいいから」

「は、はぁ……」

入力は全然手間がかからなさそうだし、入退室の件も難しくない。だがこれは少し独特な仕事のようだ。訪問者の記録なんて、わざわざする必要があるとは思えないが……。

（……そうでもないか。会社の受付って、確かそういう感じだったし。そっか、これ、要するにアポイントメントの管理ってやつか）

納得した牧村は、帳票の束が挟みこまれたファイルとデータを受け取ってパソコンに向き直った。帳票に書かれた自社名はバラバラだが、それは子会社のものも入っているからなのだという。若干ややこしいなと思いつつ作業を始めて、すぐに首を傾げた。

（よくないエクセル表使ってるなあ……計算式がロクに入ってないし、フォーマットも見づらい……字だけ変に装飾してわかりやすくしたつもりなのかもしれないけど、逆にフォントのバラツキの違和感すごいし）

新しくフォーマットを作って一から入力し直そうかと牧村は考え込んだ。ついでにマクロも組んで、扱いやすくすればいい。難しいことではない。……が。

（……ま、言われてないし。仕事増やすのもなんだし……いっかぁ）

牧村は生来、面倒事を嫌うタチなのだ。最小限の行動でギリギリ及第点を出したい。そうしてひっそり穏やかに人生を送っていきたい。なのでこの時も、言われたことをするにとどめることにした。

（……にしても、人、少ないな……）

入力しながら居室の中を窺《うかが》う。事務所は大きく、居室はそれなりの広さがあるのだが、在室している人間は多くない。人材派遣の会社らしいので、事務所で働く正社員はそんなにいないのかもしれない。それに出勤時間もフレキシブルなのか、牧村が作業を始めてからも、ちらほらと人が現れては去っていく。ずっと在室している社員もいるのだが、特に何かしている様子もなく、部屋の隅のソファセットで悠々と煙草を吸っていたり、新聞を読んでいたりと、思い思いに過ごしている。タクシーやバスの運転手の休憩所等は、もしかしたらこんな感じなのかもしれない。

「どうだ、できそうか？」

作業開始から一時間半が過ぎたころ、北岡が声をかけてきた。

「結構量があったから、大変だろ。いつくらいになりそうだい」

「あ、こちらのファイル分は終わりました」

「……終わった？」

北岡の声が裏返った。そんなに驚くようなことを言った覚えがないので、牧村はびくっと肩を震わせる。

「終わったって、かなりの数あっただろ？」

「そ、そうですけど……取引先は一定だったんで、最初に辞書登録しておいて……それと、入力ミスがあっても嫌なんで、こんな感じで撮影して……その後目視でチェックして」

「……え、今、何やった？」

「スマホで撮影して、テキストと数字読み込ませました」

「……も一回見せてくれ！」

どうやらこの事務所は、本当にパソコンに疎い人間しかいないらしい。牧村のパソコン画面を北岡がぽかんと見つめている。

「すげえなぁ……最近はこんなこともできるのか」

「あの、でも……俺のスマホ使っちゃって良かったですか。今気づいたんですけど、よく考えたら、守秘義務とかヤバいかなって」

「え？　ああ……そう言われればそうか。マズイか……これはスマホじゃなきゃできないもんなのか？」

「いえ、スキャナーがあればそっちでできますよ」

「そりゃ高いのかい」

「スキャナーだけなら、一万円以下で買えますけど……あの、この事務所、スキャナーないんですか？」

「コピー機ならあるんだけどなぁ、ＦＡＸも送れるやつが」

「ＦＡＸ……あのう、ちょっと見せてもらってもいいですか？」

思った通りだった。部屋の隅に置いてあったのは、コピー機ではなく複合機だ。若干古い機種ではあるが、スキャナー機能もきちんとついている。

「これ、スキャナーついてますよ」

「何？　ほんとか？」

「複合機だから大丈夫です。これをパソコンに繋《つな》いだら、今見せた作業できます」

「説明書失《な》くしちまったんだが、いけるのか？」

「じゃあ、ネットでダウンロードします。それに多分、取説なくてもなんとかなりますよ」

この程度の接続なら十五分もかからない。北岡が見守る中、牧村はさっさと設定を済ませ、動作確認をする。

と、部屋の奥でモニターを見ていた男が、突然立ち上がって小走りに廊下へ出て行った。すぐに入口の方から「おはようございます！」と威勢の良い声がする。どうやらこの会社は強烈な体育会系で、上司が出勤したら玄関で待ち構え、ああして頭を下げるルールらしい。

うへぁ、と牧村は内心で呻《うめ》いた。

「……あれ、俺も行った方がいいですか……？」

恐る恐る北岡に聞くと、北岡は首を振った。

「お前さんは立場が違うからな。気にしなくていい。それより事務仕事やってくれたほうがありがたいんだ」

そう言われ、ほっと息をつく。立場が違うという言葉の意味がよくわからなかったが、事務員として採用されているか、それ以外かで線引きがあるのだろう。とにかくあちら側でなくて良かった。

やがて事務室に入ってきたのは中村で、鞄《かばん》を持たず、代わりに手にはペットボトルを提げている。中村は牧村と北岡の姿を認めると、不思議そうに近寄ってきた。

「どうしたんすか、コピー機壊れたとか？」

「違うんだよ、このコピー機、スキャナーもついてたんだってよ。知ってたか」

「ああ、そういや前の事務員が使ってましたね。俺ァ使い方知らねえんで、使ったことはないですが」

「あのな、スキャナーがあれば、紙に書いてある文章を、パソコンが自動で読み込んでくれるらしいんだよ！」

「みたいっすね。でかい会社はそうやって業務の効率化してるって話っすよ」

「全然知らなかったなあ……技術の進歩はすげえんだな」

心底感心したような北岡の口調に、牧村は吹き出しそうになるのを堪《こら》えた。その程度のことは今時普通だと思うのだが、北岡はどうも機械に疎いようだ。考えてみれば面接官もこの職場について「古い人間が多くてパソコンが不慣れ」と言っていた。会社といえば、社員は一人一台パソコンを持って、就業時間中ずっと画面に向かっているイメージがあったが、この今川興業ではその考えを改めた方がよさそうである。現に今も事務机には立派なデスクトップパソコンが並んでいるのに、それを立ち上げて作業をしているのは牧村一人なのだ。

(こんな会社、まだあるんだなぁ……)

大学では中小企業含めどのような職場でもパソコンは必須だと言われていた。しかし現実はそうではなかった。世間と大学のギャップを知った牧村である。

(……ん？　待てよ。おかしいぞ、だったらなんでこんなにたくさんパソコン置いてるんだろ？　誰も使わないじゃないか。……もしかして)

湧き上がった疑問に、身震いした。

(もしかしてここは超絶ブラック企業で、直前に大量に辞めたとか……？)

ありえる。全然おかしくない。だって建物は立派だし居室はこんなに広いのに、出勤している人間は両手の数に満たない。これはおかしくないだろうか？

　黙り込んだ牧村に、中村が首を傾げた。

「どうした？」

「い、いえ！　なんでもないです！」

「なんだよ、なんか引っかかるなら言えよ」

　少し沈黙しただけなのに、牧村の空気の変化に中村は気づいたらしい。何でもないで通そうと思ったが、中村の眼光に押し負けた。

「……あの……ここ、最新っぽいパソコンがいっぱいあるのに、使う人、少ないのかなって思って……」

「あぁ、それか」

　中村は顔を上げ、周囲のパソコンを見回した。

「確かに台数は多いよな。ただこれ、義理で置いてるやつでよ」

「義理？」

「うちのパソコン、縁故の企業からリースしてんだ。月に一台いくらって計算でよ。代わりに向こうはこっちの冷水器リースしてっけどな」

　なるほど、互いに契約し合うことでＷＩＮ－ＷＩＮということか。さすが大人の社会、駆け引きがしっかりしている。そういう裏事情を聞いて安心すると同時に、少し自分も大人になったような気がした牧村だった。

やがて正午になった。

あらかた作業を終え、どっと緊張がほどけて空腹を思い出したタイミングで、事務室に野口が顔を覗かせた。

「牧村、昼飯食うだろ」

「食べます！」

勢い込んで立ち上がった牧村に、野口は軽く吹き出した。

「なんだ、そんな腹減ってんのか」

「あ。……い、いえ……その……違わないですけど……昨日のご飯も、今朝のご飯もすごく美味しかったから、楽しみで」

恥ずかし気に言った牧村を促し、野口は三階に向かって歩き出す。野口は態度が素っ気ないし、相当上の役職らしいので、正直言えば中村がいない時はあまり近づきたくない。しかしその中村は昼前にふらっとどこかに出ていってしまっている。営業だろうか。

「朝飯、わかったか」

「あ、はい、わかりました。朝はセルフなんですね。サンマのやつ美味しかったなぁ、あと漬物も」

昨日の夕食時に教えられたのだが、この事務所には常時ある程度の作り置きが用意されているので、好き勝手に食べて良いとのことだった。朝食以外に昼でも夜でも、腹が減ったらご自由にどうぞというシステムらしい。これはとてもありがたい。

そこで牧村はこの日の朝、七時半にダイニングに向かった。早朝ということもあり、当然建物の中は昼間以上に静まりかえっていたが、居室からはもう人の気配がしていた。

（早番とかあるのかなって思ったけど、夜中も誰かいた感じだったんだよなぁ……）

住み込みは牧村一人なので、夜中はこの大きな建物にひとりぼっちかなのかと少々憂鬱だったが、どうやらそれはなさそうだ。考えてみればここは人材派遣業なので、夜勤などの派遣さんのトラブル対応や連絡用に、一人は待機しているのかもしれない。

ダイニングは無人だったが、タイマーがセットされていたようで、大きな炊飯器からは炊きあがった米の匂いがしていた。冷蔵庫を開けると半透明の容器に作り置きのおかずがそれぞれ入っていて、ラインナップはサンマの甘露煮・切り干し大根・ほうれんそうの胡麻和《ごまあ》えとキュウリの浅漬けだった。常備されている納豆や卵も食べて構わないらしい。迷った末に、牧村はサンマと切り干し大根、浅漬け、卵を一つ取り出した。フリードリンクならぬフリー汁物コーナーには、インスタントのコーンスープやワカメスープ、フリーズドライの味噌汁が置いてある。

フリーズドライのお味噌汁って、ちょっと贅沢《ぜいたく》気分だなー……などと思いながらなめこの味噌汁を選んでポットからお湯を注いだ。作り置きとインスタントとはいえ、炊き立ての白米に味噌汁、おかずに漬物が揃った立派な朝食だ。今日から初出勤で色々不安はあったのだが、楽しく朝食をとっているうちに牧村は気を取り直した。根が単純なのである。

そんなことを思い出しながら、牧村は前をゆく野口に声をかけた。

「朝、食べ終わったお皿は、言われた通り軽くすすいで食洗器に入れましたけど、それで良かったですか?」

「問題ねえ。……お前、基本的にここで飯食うってことでいいか」

「あっ、はい、そうさせてもらえると嬉しいです!」

「たまに昼も夜も誰もいねえ時もあるが、そういう時はカレーや八宝菜が冷凍してあるから、それと米で適当に済ませてくれ」

昼食は野口と、後から来た戸山《とやま》という男の三人でとることになった。戸山は北岡と同世代で、今川興業の本部長らしい。野口は口数が多くないが、戸山はよく喋《しゃべ》ったので、それなりに賑《にぎ》やかな昼食となった。

(……なんだ、結構悪くないな)

午後も雑務で終わりそうだが、朝感じた緊張感は、もうほとんどなくなっていた。

そんなこんなで、あっという間に一か月ほどが過ぎた。

当初、ここはブラックな職場ではないかと心配していた牧村だったが、現時点でその予想は良い方向に裏切られている。

まず、仕事が緩い。入力や帳票の出力、書類の整理などが牧村の業務だったが、それもそんなに忙しくはない。かといって暇で困るということもなく、「手が空いたらやってほしい」と言われた過去の帳票や契約周りの覚書《おぼえがき》をデータ化している。これはすべて牧村のペースで構わないという緩さだ。

次に、人間関係が良い。頼まれた入力が仕上がるごとに、社員たちは牧村に感謝してくれた。牧村が一つ業務をシステム化すると、社員たちが集まって「へー！」とか「ほー！」とか歓声を上げるのだ。

「いやぁ、こんなにわかりやすくなるとはなぁ……冠婚葬祭のやりとりも、相手の名前入力すりゃ一発で履歴が出てくるんだから、ほんと楽だ。すげえなコレ！」

自分の父親ほどの男性社員に嬉しそうに言われ、時にはこの事務所のトップである今川氏まで出て来て「これ、俺もやってみていいかい」と興味深げに牧村の使っているパソコンのキーボードを叩《たた》く。彼らに喜びの笑顔を向けられるたび、牧村はくすぐったい気分になった。

牧村は、あまり他人から感謝された経験がない。

学校の係とか日直とか、その手の決められた役目はサボらないが、それも後で怒られるのが面倒だからで、逆に言えば決められたこと以上はしない主義だ。

だが人間関係において認められやすいのは、与えられた役目を最低限のレベルでこなす人間ではなく、進んで様々な面倒事を引き受けて周囲を助ける人間である。つまり牧村は、通り一遍の「ありがとう」を言われたことはあっても、心のこもった感謝を受けたことが少なかった。

なのにこの会社では、牧村のちょっとした作業で皆が驚き、喜んでくれる。そうなるともっと喜んでほしいと思ってしまうのは当然のことで、牧村は初日に気づいたが放置したエクセル表を、綺麗に直すことにした。どうせだからとマクロを組んで、帳票を読み込むと一気に売り上げ推移や傾向などが表示されるようにし、それらの一連の動作を中村に見せると、中村は口をぽかんと開けて驚いていて、思わず笑ってしまった。

「すっげえなぁ……こういうことができるってのは知ってたけどよ、目の前で見せられるとなぁ」

「前から思ってたんですけど、皆さんてあんまり、パソコン使いこなせてなかった感じですか？」

「こなせてねえなぁ。事務員がやるのを見てなんとなく使い方覚えたり、あとはそれぞれが家で嫁さんや子どもに教えてもらったりよ」

「家で、ですか……ちゃんとしたパソコン教室、通った方がいいと思いますよ。基礎ならそんなに大変じゃないし……」

「……わかっちゃいるんだけどな」

中村は困ったように頭をかいた。

この事務所は広いが常駐しているのは数人で、中村はその数人のうちの一人だ。とはいえ出勤時間も退勤時間も、果ては出勤日も決まってはいないようで、ふらっと現れてはふらっと去っていく。ただし、野口が不在時には高確率で事務所に来ている。

これは中村が野口と不仲とかそういう理由ではなく、単に日中は必ずどちらかがいると決めているようだ。実際、来客の多くが中村か野口を指名した。しかしこの二人がどんな業務をしているかは謎で、来客がない時は大概応接室で今川氏と話しているか、事務室で煙草を吸ったり雑誌を読んだり、気ままに過ごしている。野口に関してはそれ以外に、食事作りも担当しているのだが。

……そうなのだ。この会社で出される食事は、衝撃的なことにコワモテの野口の手料理だった。入社三日目にしてそれを知った時、「嘘だろ?」「ビジュアル違和感すごすぎない?」「元料理人?」「板前でもやってたのかな?」「きっとそうだ、うん、そういうことにしておこう?」と「?」が牧村の脳内を飛び交った。いや別に、中年で怖い顔で五分刈りでガッチリしたスーツ姿のおっさんが料理しちゃいけないわけじゃない。しかし椅子の背に引っ掛けられていた、大きなひまわりが描かれたエプロンと野口のギャップは、中々消化できなかった。

ともかくその野口も中村も、言ってしまえばほとんどの社員がまともにパソコンを使えない。三十代の社員の中にはワードやエクセルが使えるものもちらほらいたが、「打てる」というだけでとても使いこなしているとは言えない状況だ。そのことを牧村に指摘され、中村は眉を顰《ひそ》めた。

「……うすうす気づいていると思うんだけどよ、俺らはそういう、ナントカ教室みたいなとこに行くと、嫌がられるんだよ。だから通えねえんだ。直接断られちまうこともあるし……」

「断られる……?」

「誰も彼も、社会からの弾《はじ》かれ者だからよ。仕方ねえわ」

(……それって、もしかして)

——牧村には心当たりがあった。

しばらく前、たまたま野口が料理をしている時にダイニングの前を通りかかったのだが、野口は腕まくりして作業していた。その腕に、何か模様のようなものが見えたのだ。目の錯覚か、それとも変わった柄のサポーターでもしていたのかとその時は自分を納得させた牧村だったが……。

(あれ、もしかして刺青《いれずみ》？)

今時刺青は珍しくもないが、清く正しく真面目《まじめ》に生きてきた牧村にとって、刺青は「怖い人」の象徴である。それをあの野口が入れていたなんて……と、思いはしたものの、最初の衝撃が抜けると逆にストンと腑に落ちた。言われてみれば、野口はいわゆる「そういう人」の空気がある。だって顔が怖いし雰囲気が怖いし声は低いし、昔ヤクザやってましたと言われても全然おかしくない風体《ふうてい》なのだ。

(じゃあ……もしかして、前科があったり……？　この事務所って、そういう人を積極的に受け入れて、更生させるために働かせてる……？)

そうだ、きっとそうに違いない。だから妙に挨拶や掃除に厳しかったり、体育会系を通り越して軍隊式だったりするのだ。そしてそういう元「ワル」の人たちだから、学校の授業や講習みたいなのが苦手なのだろうし、前科があるからパソコン教室からも断られるのかもしれない。

(俺、そんな怖い所で働いてたのか……!!)

軽い眩暈《めまい》を覚えて、牧村は机に手をついた。今の今まで良い職場環境だと思っていたのに、足元の床がガラガラと崩れたような気がする。この事務所の社員は、朗らかな人、口は悪いけど明るい人、無愛想だけど真面目そうな人、そんな人間ばかりで悪い印象はなかった。しかしその実態は、みんな元不良とか犯罪者かもしれないのだ。更生途中だというなら差別してはよくないが、そういった人種からひたすら遠ざかって生きてきた牧村にとっては、とにかく怖い。中学生の頃に読んだヤンキー漫画やアウトロー漫画が急に思いだされ、頭の中をぐるぐる回る。あの漫画にあったように、そのうちうっかりどこかで誰かの地雷を踏んで、怒鳴られたりキレられたり、リンチされたりするかもしれない。

(もしそうなったら、逃げ場がないじゃないか……! 俺、ここに住んでんだから! ……待てよ、もしかして俺の前任者って、その辺で揉めて辞めた……?)

「あん? どうした? 顔色悪いな」

「あ、あのー……俺の前任の方って、なんで辞めちゃったんですかね……?」

「あー、それなぁ」

中村は腕を組んで天を仰いだ。

「そいつよー、事務歴が長いって触れ込みだったんだが、雇ってみたらロクに働かねえわサボるわで、全然仕事しねえの。そのうち連絡つかなくなったと思ったら、するっと来なくなっちまったんだよ」

（いやそれ、ここの真実を知って、怖くなったのでは……）

「しかもパソコン一台持ち逃げしてな。ったく、参ったよ」

「え、それは……酷《ひど》いですね」

「だろ？　でもいるんだよな、そういうの。ウチが訴えることができねえってわかってるから、やらかすんだろうが」

「訴えることができない？」

「立場的に、警察はちょっとな。それに痛くもねえ腹探られたかねえし」

この言葉で牧村は確信した。

やはりこの「今川興業」は、脛《すね》に疵《きず》を持つ人を雇用しているのだ。だから警察には苦手意識があるし、社員の中で泥棒が出たなんてことになれば、立場が悪くなるのだろう。

（そういう更生のための会社って、行政から支援されてたりするって聞くしなあ……あんまり警察沙汰にはしたくないよな）

「余所《よそ》は若ェのにこういうことを任せてるみたいだが、ウチはなー……落ち目になってきてるし、人が集まらねえんだよ。だからせめて事務員だけでもって募集しても、そんなだからな。嫌になるよ」

「……」

かける言葉が見つからず、牧村は黙りこんだ。

正直に言えば、この話を聞いてしまったら牧村だって辞めたい。怖いし。でも辞めると言い出すのも怖すぎる。既にガッツリこの事務所で働いていて、それなりに頼りにされている空気もあるので、素直に退職させてもらえるとは思えない。もしかしたら引き止めるために大きな声を出されたりするかもしれないし、机を叩かれたりすることもありうる。野口に刺青を見せつけられて凄《すご》まれたら、牧村は多分泣く。いや、そんな人たちではないと思いたいが……。

悶々《もんもん》と悩んだが、この日は入社一か月目の給料日だったので、牧村は給与明細を神妙な気分で受け取った。退社後、自室で明細を確認すると……。

「えっ、多い……」

その額、手取りで十五万円。

手取りで十五万円というと大卒の初任給としては普通か、少し安い金額に思えるが、牧村が受け取ったのは、寮費や水道光熱費、食費を差し引いた額なのである。

たとえば牧村が一人暮らし用の部屋と同じ程度の部屋を借り、家賃のほかに水道光熱費と食費を払ったとしたら、その合計額は十万を優に超えるだろう。それに野口が出してくれるような、健康的で美味しくてボリュームもある食事をとるのは難しい。恐らく毎日コンビニか、せいぜいレトルト品を温めるくらいだ。食費だって予想以上にかかる可能性がある。となると、手取り十八万ほどもらえたとしても、手元に残るのはせいぜい二、三万円ではなかろうか。

それが、十五万。……牧村は給与明細を片手に考え込んだ。

「……これは……すごく、いいんじゃないか？」

やっぱりこの会社は悪くない。充分にホワイトの、良い職場だと思う。でもどうしても怖いものは怖いので、できれば早めに辞めたいのだが、後任がいないとなるとすぐには難しいだろう。それに……。

（……やっぱ、悪いよなあ）

中村や北岡、戸山らの笑顔が頭に浮かぶ。つい先日、いつもは無愛想な野口も、

「おう、お前がこの間組んでくれた、マクロ？　とかいうヤツ、あれすげえ便利だな！」

と笑顔で言ってくれたのだ。これは嬉しかった。嬉しかったがゆえに、牧村は頭を抱えた。

（でも俺、ずっとここでやってく自信なんてないよ……どうしよ……）

牧村は一晩、ベッドの中で考え続けた。

結論として、牧村は事務所内でパソコン教室を開くことにした。

事務ができる人間がいないから別枠の事務員が必要なのであって、社員がパソコン操作を覚え、事務処理ができるようになれば事務員はいらない。そうなればきっと牧村もするっと辞めさせてもらえる。会社だって人件費削減になるし、いいこと尽くめなのだから、皆も喜んで牧村を送り出してくれるだろう。そう目論《もくろ》んでのことだった。

そして辞めたら、不愉快ではあるが一度実家に戻ればいい。言われた通り一度は就職したのだし文句は言わせない。いや、むしろ「そっちが強引に働けとせっつくから、怖い人のいる職場に就職してしまったんじゃないか」という体で親に逆ギレし、また数年子ども部屋に居座るのだ。理想的なプランである。子ども部屋に戻りさえすれば、働かなくて良いだけではなく、一人暮らしの面倒な家事からも解放されるのだから。

(目指せ、子ども部屋……！)

「――では皆さん、テキストの十二ページを開いてください」

はーい、と野太い声が居室のそこかしこから返ってくる。幸いにしてパソコンの台数は足りているので、参加者が一人一台使うことができた。テキストに関しては、牧村が自費で人数分購入しそれぞれに配り、初歩の初歩から授業を始めた。大学生時代にバイトでパソコン教室の講師をしたことがあるので、授業自体は慣れている。ウィンドウズの基本操作と、ワード、エクセルで、二週間ほどをかけて行う予定だ。

「お、やってるな」

牧村が授業をしていると、今川が居室に顔を覗かせた。

「どうだい、ウチの連中は覚えられそうか」

その問いに答えたのは、牧村ではなく北岡だった。

「大丈夫です、やれますよ！　俺らはみんな、真面目にやりゃあ、できる子なんで」

居室の中に笑いが起きた。

「それに牧村先生の教え方がうまいんで、心配いりませんや」

「い、いやぁ、そんなことは……」

「そうかそうか、そりゃあ良かった。牧村、ありがとな」

牧村は引きつった笑みを浮かべた。子ども部屋に戻りたいがためにやっているとは、とても言えない。

パソコン教室を開きたいと切り出した時、今川は驚いたようだが、自費で購入してきたテキストを見せ、作成したスケジュール表を見せ「事務作業には一切影響しないようにするので、やらせてください」と頼み込んだところ、快く頷いてくれた。それでも参加者が集まるかは不安があったが、十人を超える申し込みがあったので牧村は胸を撫《な》で下ろした。

中高年が多いせいもあり、みんな最初は四苦八苦していたが、慣れると面白くなってきたようで、しばらくすると授業中以外もパソコンを触って操作を練習し始めた。もともと事務所では煙草を吸ったり新聞を読んだりと、退屈そうに過ごしていた人たちだったので、やることができたのが嬉しかったのかもしれない。それぞれが質問に来ては一生懸命メモを取っていき、それを今川が眺め、うんうんと頷くのが、妙にあたたかかった。

更に牧村は、夜の電話番も引き受けることにした。この事務所では夜間でも必ず一人、電話対応に社員を常駐させていたのだが、最近は皆携帯にかけてくるので、事務所に電話がかかってくることはほとんどないそうだ。それでも一応体裁のために電話が鳴ったら出なくてはならないというので、牧村は電話の子機を部屋に持ち込み、自分が夜間は担当すると申し出たのだ。これは他の社員に感謝されたが、牧村としては「怖い」誰かと事務所に二人きりという事態を避けたかった。

そうやって牧村が積極的に色々なことをやり始めると、事務所内の牧村に対する空気も変わってきた。もともと会話する機会が多かった中村や野口だけではなく、他の社員も牧村を見ると笑顔で話しかけてくるようになったのだ。ただしその分、牧村に対してのガードも緩くなったようで、今まで必ず牧村の前では上着を着込んでいた社員が上着を脱ぐようになり、シャツの背中から刺青が透けて見えたりしたこともあった。それを見てまた身震いする牧村である。

（……思ったより刺青率高いぞ……やっぱり、元ヤクザの人多いんじゃないかな……こっわー……ん？　元ヤクザ？）

牧村は、ふと何かに気づいた。

元？　誰か元って言ったっけ。言ってないし聞いてない。自分でそう思い込んでいるだけだが、これって、もしかして……。

この会社に入って何度目かの、そして最大規模の嫌な予感がする。

震える手で牧村は「今川興業」の住所をパソコンに打ち込んだ。すると……。

（大判《おおばん》組系今川組、事務所……？）

衝撃の事実が発覚した。

（え、ここ？　この場所のこと？　どう見てもそうだよね？　だってここに載ってんの、うちの事務所の写真じゃん？　グーグルマップさん間違ってない？　ほんとに？）

何度確認しても間違いはない。

牧村が就職したのは、大判組という指定暴力団傘下の、暴力団今川組だったのである。

（う……嘘だろ……）

気が遠くなるのを感じる。

何度もおかしいとは思ったのだ。取引する商品がグラム単位の「S」だの「H」だったことに始まり、会社の名前は「今川興業」なのに、電話に出る時は「今川組」を名乗ること。社員は上の年代の社員を「アニキ」と呼ぶことや、野口も時折若頭と呼ばれていたこと。これらの情報を総合すると、間違いなくここは暴力団だ。逆に今まで気づかなかったのが不思議なくらいで、社会復帰のための会社などでは絶対にない……。

それに気づくチャンスはいくらでもあったのに、牧村は目を逸《そ》らして流されていた。勤め先の名前でネット検索をかけることすらしなかった。今が楽ならそれでいいと、何もかもから逃げてきたのだ。

その結果が、これである。

牧村は今現在、暴力団事務所のど真ん中にいる。

帰りたい。この職場を辞めて今すぐ子ども部屋に戻ってベッドに転がってゲームがしたい。漫画を読みふけるのもいい。そういえば中学に上がった時に読まなくなったコロコロ、久しぶりに買ってみようかな。『でんぢゃらすじーさん』はまだやってるだろうか。

現実逃避していた視界の端、開けっ放しのドアの向こうの廊下に今川の姿が見えた。今川は基本的に、週に一、二度事務所に来るのみであるが、この日は朝から応接の方にいたようだ。牧村は反射的に立ち上がった。

（そうだ、今川社長……じゃなくて組長に相談したらいいんじゃないか！　あの人ならあんまり怖くないし優しそうだし、きっと話を聞いてくれる。パソコン教室が終わったら辞めるって言って、もう日付まで決めてもらおう！　そうしよう！　できるだけ早くここから逃げるんだ！）

「お、おはようございます！　あの」

廊下に飛びだして挨拶をした牧村を、今川がゆっくり振り返った。

「おう、ちょうど良かった。ちっと話があってな」

「えっ？」

「手ぇ空いてるなら、応接来てくれるか」

「あ、は、はい」

渡りに船といえば船なのだが、一体何の話をされるのだろう。

今川に促され、牧村はギクシャクした動きで応接室の重厚な革張りソファに腰を下ろした。

今川はそんな牧村を見て面白そうに笑う。

「緊張することねぇよ。クビにでもされると思ってんのか」

（むしろクビにしてほしいですけど！）

心の叫びは当然ながら届かない。向かいに座った今川は、卓上カレンダーにちらっと目を向けた。

「ウチに来てから、まだ日が浅ぇが……牧村、お前、すげえ頑張ってるらしいじゃねえか」

「あ……そ、そうですかね」

「事務作業をシステム化したり、電話番代わったり、パソコンを皆に教えてくれたりしてんだろ。しかも、自分の金でテキストまで買ってなあ」

「あ、あはは……俺、あんまお金使わないんで……皆さんが使ってくれたらいいなって……それだけです……」

「それだけ、ってのが、ありがてえんだよ」

今川は深く低く、呟くように言った。

「アイツらはよ、世間から弾かれて居場所なくして、今じゃこの時代遅れの事務所で、日がな一日ボケっと燻《くすぶ》ってるだけだ。その上、歳を取っちまって、より一層頭が固くなって、世の中からどんどん浮いていく。そんなアイツらに一生懸命、物事教えてくれたんだ。ありがてえよ」

「……そんな……俺、大したことしてません。それに……その、パソコンくらい使えないと、皆さん困るだろうし、使えた方が便利じゃないですか」

「だからよ、社会は俺たちを便利にさせたくねえんだよ」

「……えっ？」

「だってそうだろ。俺らがパソコンに詳しくなったら、どんな悪事を働くかわかんねえからな」

（……そこまで考えてなかった！）

ニュースでは連日、ネット通販詐欺だとかＷＥＢ投資詐欺だとか、暴力団員の悪事を報じている。それは当然、組員側がパソコンやインターネットに一定の知識がないとできない。なのに牧村は彼らに向けてパソコン教室を開き、ある意味で暴力団員の悪事に協力してしまったのだ。そのことに気づいて、牧村の背に嫌な汗が浮かぶ。だが。

（……別にそれで、人が死ぬわけじゃないしな……）

確かに詐欺は悪い。良くないと思う。でも殺人とか誘拐とか放火とか、世の中にはもっと酷い犯罪がたくさんあるし、女性に卑劣な真似をする男や、子どもを虐待死させるような親もいる。それらは絶対に許せないと思うが、詐欺というのは比較的マシに思えた。

とはいえ貯金を失って家庭崩壊したり、命を絶つような人も、被害者の中にいる可能性はある。だがそれを今考えても仕方がない。牧村が教えた最低限のパソコン知識から深堀りして、悪事を働くか働かないかは彼ら次第だ。教えてしまったものは割り切るしかないだろう。

牧村の顔色の変化を見つめていた今川は、膝の上で指を組んだ。

「……ウチがヤクザだってのは、わかってんだろ？　そんな怖がるこたねえ、腹割って話そうや」

——そして、短い会話の後。

深く息をついた今川は、しばらく黙考《もっこう》し、やがて穏やかな笑顔を牧村に向けた。

「お前、盃やるから組員になれや、な」

「えっ、あっ、ハイ」

何を言われたかも理解しないうちに、反射的に牧村はそう答えてしまったが、後の祭り。

こうして大判組傘下今川組、牧村ユタカ構成員が爆誕したのである。

第　二　章

牧村、シノギを上げる。

吉日を選び三階の広間に祭壇が設けられ、社員、ではなく幹部一同に見守られて、牧村は今川と親子盃を交わした。仰々しく――昔よりは随分簡略化されているようだが――飾り立てられた祭壇に、神様の名前の書かれた掛け軸。三宝《さんぽう》に載った鯛《たい》と、徳利《とっくり》が一対。その他もろもろを前にして口上が読み上げられるが、無表情で滝汗を流す牧村の耳にはほとんど入っていない。

（これ夢？　だよね？　そうだよね？　現実のわけないよね？　俺が組員なんてなるはずないし！）

心の中で叫びつつ、渡された盃を促されるままに口にする。

（まっず！）

夢じゃなかった。夢ならばこんなにリアルな酒の味がするはずがない。信じられないがこれは現実らしい。倒れこみそうになりながらどうにか一連の儀式を乗り切ると、周囲から歓声があがった。幹部の男たちは嬉しそうに牧村の肩や背を叩いてくる。

「いやーおめでとうさん！　お前が組に入ってくれるなんてなあ」

「ほんと嬉しい話だよ、牧村は普段から俺ら助けてくれてたしな、ありがてえ」

「お前もラッキーだぞ？　普通は部屋住みやってからじゃねえと、オヤジから盃なんて貰えねえんだ」

「まあでも牧村は組に貢献してくれてたから、やらなくても充分だろ。俺もオヤジに、裏で打診してたからな。牧村に特別に盃やれねえかってよ」

「えっ、俺もだぞ」

「俺も俺も、牧村が組入ってくれたら嬉しいよなぁって話してたんだ」

「なんだ、皆思うことは一緒だな！」

善意の共犯者に囲まれ、牧村は乾いた笑いを漏らした。どうやらこの後、牧村の祝賀会が行われるらしいが欠席したい。まさかこんなことになろうとは。

（組って、辞めようと思ったら、小指置いてかなきゃいけないんだよね……）

指先が冷たくなった牧村である。


さて、ここで簡単に、暴力団の収入方式を説明する。

暴力団は組から給与を受け取ったりはしない。組に所属した上でそれぞれが悪事を働き、その稼ぎの中から決められた金額を上納する。そして構成員から金を受け取った組長は、更にその一部を上部組織に上納するという、下から吸い上げるピラミッド方式なのである。

これだけ聞けば下っ端は金を納めるだけでメリットがないように思えるが、裏社会において暴力団員であるという意味は大きい。暴力団には犯罪の知識や経験、伝手《つて》やコネがある。

組構成員はそれを利用して様々な悪事を働き、代紋《だいもん》を見せつけ相手を黙らせて金を奪う。また大きな組に属しているということは、何かあった時に誰かが必ずカタをつける保障でもある。代紋そのものがブランドであり、お守りであり、上納金はその代紋の使用料というような意味合いなのだ。フランチャイズのイメージが一番近いだろう。

以前の暴力団は「シマ」と呼ばれる組独自の縄張りを持っていて、シマの中の飲食店などから用心棒代やショバ（場所）代、見回り・取り締まりを意味するみかじめ料を要求し、それらを資金源にしていた。金額は月数万円から十万円以上とまちまちだが、特に繁華街の店や夜の店等は、暴力団に一定の金額を払うのが常態化していたのである。また地上げ・総会屋・工事や公共事業への参入なども、暴力団にとって大きな資金源となっていた。これらは組の代紋があるからこそのシノギである。

状況が変わったのは二〇一二年。この年、一九九二年に施行されていた暴力団対策法が大きく改正され、暴力団の禁止行為が明確となった。内容は以下である。

1・口止め料の要求
2・寄附金、賛助金の要求
3・下請参入等の要求

4・みかじめ料の要求
5・用心棒料の要求
6・利息制限法違反の高金利による債権の取り立て行為
7・不当な方法で債権を取り立てる行為
8・借金の免除や借金の返済猶予を請求する行為
9・不当な貸付、手形割引の要求
10・不当な金融商品取引を要求
11・不当な株式等の買い取り要求
12・不当に預金・貯金の受け入れを要求
13・不当な地上げ行為
14・不動産物件の明け渡し料等の要求
15・宅建業者に不当に売買・交換を要求
16・宅建業者以外に宅地法取引を要求
17・不当な建設工事を行うことを要求
18・不当に集会施設等の使用を要求
19・交通事故の示談介入

20・因縁をつけて金品を要求
21・許認可等の要求
22・許認可等をしないことの要求
23・公共事業の入札参加の要求
24・公共事業の入札に参加させないことの要求
25・公共事務事業の入札に参加しないこと等の要求
26・公共事業契約の相手方にすること等の要求
27・公共事業契約の相手に対する指導等の要求

　これだけなら暴力団の資金稼ぎを封じる法律でしかなかったのだが、それで終わらなかった。暴力団対策法の改正に準じるかのように、各都道府県が動いたのだ。二〇一〇年頃から都道府県ごと段階的に施行された暴力団排除条例は、暴力団側だけではなく、暴力団関係者と関わった一般市民にも罰則を科す内容だった。

　つまり暴力団がみかじめ料を要求し、店が支払った場合、暴力団だけではなく支払った店側にも懲役や罰金等の罰則が科される。となると、今までは黙ってみかじめ料を支払っていた店側も、自分たちが逮捕されるのだからと拒否するようになる。もちろん暴力団がごねたりすれば逮捕される。

他にも、携帯電話会社は暴力団と契約してしまわないように、事前に「私は反社会的勢力ではありません」というチェックを契約者に入れさせるようになったし、組員であることを隠して契約すれば、詐欺で逮捕される恐れも生じる。これらの反社チェックは多業種で行われており、店のメンバーズカードやポイントカードの入会の際の約款などにも「反社会的組織の一員ではない」という一文がある。そのため、スーパーのポイントカードを店員に勧められて作った組員が、反社会的組織の一員であることを隠してポイントカードを作成したということで、詐欺に当たるとして逮捕された例もある。

こういった事案は、平常時であれば警察もいちいちチェックはしないし、逮捕に至ることもほぼない。しかしそれが抗争中の組の暴力団員であったり、他の犯罪に関わっている可能性のある組員であれば話は別で、これらを名目に暴力団員が次々逮捕されることになった。つまり警察は、都合の良い時に、必要なだけ暴力団員を逮捕する手段を手にしたのである。

この暴対法と暴排条例、暴力団だけではなく一般市民をも対象とした法律と条例が施行された結果、暴力団は資金源を絶たれ、一気に弱体化した。

「昔はよ、代紋見せるだけで、向こうがみかじめ持ってきたんだよ」

野口の自信作のカレイの煮つけをつつきながら、中村がそう零《こぼ》した。

「工事の入札でもそうだ。腕まくりして塁見せときゃ、取れねえ工事はなかった。地上げもそうだな」

「そ、そうですか……」

カレイの骨を避《よ》けているふりで俯《うつむ》いたまま、牧村は適当に相槌《あいづち》を打った。中村は牧村が正式な構成員になってからは、こういうぶっちゃけ話をよくする。されすぎて困る。どう反応していいかわからない。

「忙しかったが勝手に金は集まってきたし、言っちゃあなんだが、それなりに感謝されることもあったんだ」

「感謝、ですか？」

暴力団といえば、一般市民を脅し恐怖に陥れ金を巻き上げるイメージしかない牧村は、意外な言葉に思わず顔を上げた。中村は笑う。

「そりゃ、あるさ。だってよ、結局のところ、夜の街で頼れるのは警察じゃなくてヤクザなんだ。昔はタチの悪い客や嬢に付きまとうヤツがいても、警察は何もしなかった。店が壊されるか、嬢や黒服が刺されて初めて警察は動くんだ。今じゃもうちっと踏み込んで対応もしてるようだが、どれだけサツが見回っても、接近禁止令を出しても、嬢に付きまとう客は止められねぇし、店に放火されることだってある。けど、俺らは違う」

中村は二本目のビールを空ける。中村は夕食を事務所でとることはあっても、酒は帰宅して飲む主義だったようだが、最近は事務所で飲んでから帰ることが増えていた。

「ヤバい客がいたら店や嬢から引き離して、締め上げて身元押さえて、迷惑料を支払わせる。徹底的に怯えさせて、二度と目の前に現れないようにできる。場合によっちゃあ家族や会社にも連絡する。それも通じねえようなヤツは、物理的に叩きのめすんだ。そりゃ確かに、決して良いこっちゃねぇよ。だが考えてもみろ、頭のおかしいヤツは、そうでもしなきゃ止められねえんだ」

夜の街で暴力団が幅を利かせていた期間は長い。かつては暴力団に対する法規制が緩く、また当時は暴力団が積極的に一般社会に関わり、強引に居場所を確立させていた。一般市民は暴力団に恐怖し、多くの被害を被った。しかし一方で、暴力団をうまく利用していた人々がいたのも事実である。

「地上げだってそうだろ。バブル期は土地の値段が倍々で増えてって、儲《もう》けたいヤツはどれだけ買い取れるかが鍵だった。だからでかい企業は俺らと繋がって、地主や借り主を追い出させたんだ。判子つかせるためには何だってやったさ。犬猫の死体を相手の家に投げ込んだり、狙った隣の土地で二十四時間大音量の読経《どきょう》流したりな。立ち退《の》かねえ家に、ダンプ突っ込ませたってえ組だってある。そうやって汚れ仕事を俺らにやらせて、この国の企業はでかくなった。企業だけじゃねえ、田舎《いなか》の土地持ちもそうだ。俺らは普通じゃ値がつかねえような森林をそいつらから買い取って、ゴルフ場みたいなリゾート施設を開発して企業に売りつける。そんなことをずっと繰り返してきたんだ。なのによ」

「中村、その辺にしとけ。牧村が戸惑ってんだろ。それとお前、オヤジの付き添いで明日は早いんだろ。とっとと帰れよ」

「……あー……」

野口の指摘に、中村は深く息を吐いた。気を取り直すように苦笑し、手元の缶ビールを一気に飲み干す。

「空気悪くしちまったな、すまなかった。帰るわ」

中村が去った後、気まずい沈黙がその場に落ちた。味のしなくなった食事を急いで流し込んでいると、牧村の目の前に冷凍みかんが一つ置かれた。

「食え。残りもんだが」

「あ……ありがとうございます」

野口は自分も一本缶ビールを取ってきて、牧村の前に腰を下ろした。この場所で野口が酒を飲むのを見るのは、初めてである。

「ウチも最近うまくいってねえからな、アイツも煮詰まってんだろ。妻子持ちだし、生活かかってるからよ」

「……確か、中村さんは組長付きでしたよね？」

「その通りだ。アイツはボディガード兼秘書みてえな扱いだな。それで組から報酬貰ってんだが、最近財政厳しいからなぁ」

「厳しいんですか……」

「厳しいな。つってもまあ、普通の会社員くらいは貰ってると思うんだが……俺らは結婚してても、嫁が働きに出られなかったりするからよ。より稼ぎがねえとやってけねえんだ」

「え？　奥さんが働けないって……」

「組員の嫁を雇いてえとこあるか？」

「あ……」

「それに保育園だって、入園断られることもある。となると預け先がねえから、働くに働けねえんだよ」

「……意外に、組員の人の経済事情って、厳しいんですね」

「お前だって他人事じゃねえぞ。もう盃貰ったんだからな」

野口の言う通り、牧村は先日、今川組の正式な構成員になった。その後の収入はどうなったかというと……。

中村が組長付きという役職で報酬を得ているように、事務所の事務員である牧村には組から今まで通りの報酬が出ることになった。しかし構成員になった以上は、会費とも呼ばれる上納金がいる。今川組は大判組という指定暴力団の傘下組織なので、末端の構成員である牧村だけではなく、組長である今川も上部組織に上納金を納める必要があった。幹部クラス以上ともなると月に七、八十万は支払うそうだが、牧村の上納金は月に二万円だ。ひとまず今の収入的に、月二万円くらい支払っても特に生活に支障はない。なのでこのまま事務所付きということでひっそり暮らしていきたいのだが、後々上納額が増えていく可能性は充分にあったし、周囲から期待というか、無言の圧力を感じてもいた。牧村はパソコンに詳しいのだから、それを使った何らかの仕事、つまりはシノギを始めるに違いないと、そう思われているのである。

しかし暴力団の「シノギ」とはイコール犯罪である。その中でも代表格が、薬物だ。

「あの俺、昨日、覚醒剤のＳＮＳ販売、勧められたんですけど……」

「ああ、最近は口コミなんかよりネットの方が売りやすいからな。手始めにゃいいんじゃねえか」

（よくないです！）

という言葉を呑み込んで、牧村は冷凍ミカンをみつめた。ミカンの表面の霜が溶け、雫《しずく》が伝い落ちていく。野口はビールを呷《あお》ると、酒臭い息を漏らした。

「つっても、それをメインのシノギにすんなよ。あまり良い稼ぎ方じゃねえからな」

「……薬物禁止……ですもんね」

今川組の上部組織である大判組は、表向きは薬物禁止を謳《うた》っている。特に未成年や学生への売買をすれば破門されてしまう。しかし実際のところ、現在の暴力団の主な収入源は覚醒剤などの違法薬物売買であり、それはこの今川組も同じだった。

「よほど金回りが厳しい時なら仕方ねェが、そうでなけりゃ他のことしたほうがいい。シャブで派手に稼ぐと、上からもサツからも目ぇつけられるぞ」

「……やっぱり売れるんですか、覚醒剤って……高そうだし、お金になるってことですよね」

「最近じゃ言うほど高かねえけどな。えーと今は……いくらだ。確か一回分で千円しなかったと思うが……そうだ、先月は九百八十円で売ったたな」

「九百八十円？　安ッ？」

「だろ？　それで原価は百円くらいだからな、儲けはでかい」

「一回分で千円なんて、下手したらご飯代より安いじゃないですか！　違法な薬物って思えないですよ」

「その通り。この値段設定だから、そんなヤベーもんじゃねえだろと思って気軽に買うヤツが多いんだ。サラリーマンやフリーターが、サプリ感覚で使う。組員でも使うヤツはいるにゃあいるが、ポン中の組員なんて恥でしかねえ。手ェ出すなよ」

「出しません……！　……ん？　ポン中ってなんですか？」

「覚醒剤のことを、ヒロポンて呼んでた時期があってだな」

日本ではかつて覚醒剤が一般販売されていた。その中でも特に有名で、市販の覚醒剤の代名詞となったのが大日本製薬、現在の住友ファーマの商品「ヒロポン」である。これらは昭和十六年に発売が開始され、眠気の解消や疲労回復薬として使用されていたが、当時の日本の医薬品製造能力は低く、ごく一部に流通するのみだった。

その後太平洋戦争が始まり、戦時中は夜間の歩哨《ほしょう》をする兵士やパイロットに覚醒剤が支給されたが、効果の出方が薄い錠剤での経口摂取が主な使用方法だったために、中毒者はあまり出なかった。一方で同様の覚醒剤を大量に製造し、兵士から主婦に至るまで日常的に使用していたドイツでは、戦時中から薬物問題が深刻化し、後に社会問題となっている。

そして戦後、本土決戦に備えて日本軍が備蓄していた覚醒剤、ヒロポンをＧＨＱが接収、やがて他の医薬品と一緒に医療機関や一般国民に放出し、世間一般への流通が始まった。この時大量に覚醒剤が市場に溢れたことで価格が下落し、現在の栄養ドリンクかそれ以下の値段で購入ができるようになってしまったのだ。当時、覚醒剤の購入には印鑑が必要とされていたが、逆に言えばそれさえあれば薬局で自由に注射器とセットで購入が可能であり、錠剤よりもより効果の出やすい注射での接種が好まれた。結果として、重篤なヒロポン中毒患者が爆発的に増加し、結局昭和二十五年に発売が終了、違法となったのである。

これが「ヒロポン中毒」、すなわち「ポン中」の語源である。ちなみにヒロポン自体は、ギリシャ語の「philo（愛する）」と「ponos（仕事）」から名づけられており、「仕事を愛するようになる薬」という意味合いらしい。

「――ってことは、覚醒剤って普通にお店で売ってたんですか⁉」

「らしいぞ。すげえ話だよなあ」

「こ、こっわ……」

牧村は身震いした。覚醒剤といえば、一度でも使用すれば人間を辞めることになる薬という認識なのに、その薬が日本中で市販されていたとは。ということは当時の日本は人間を辞めた人だらけだったのだ。恐ろしい。そしてそんなものの販売に、牧村は加担したくない。

牧村は野口をチラッと見上げた。野口は中村と違い自分でシノギを持っているらしく、土建業とか解体業とか、そちらの業種と繋がりがあるようだ。他の組員も当然それぞれ何かしているとは思うのだが、各自のシノギの話は不思議なほど組の中では出なかった。「最近どうだ」「イマイチだな」などという会話は耳にするのだが、それだけである。そうなっているのも理由があって、シノギは基本犯罪行為であり、下手に情報を共有すると共犯扱いになりかねないので、それを避けるための配慮らしい。ただこれが今川組独特のルールなのか、他の組も同じなのかはわからない。

何にせよ牧村が野口と同じような稼ぎ方ができるとは思えず、かといって他のシノギといえば、飛ばし携帯、すなわち所有者不明の携帯電話の売買やスポーツ賭博の元締め、特殊詐欺や風俗店の営業で、これまた牧村には難しい。他にも変わったところでは高級食パンの製造販売やタピオカ店の経営などもあるという話だが、どれも始められる気がしなかった。飛ばし携帯の販売や特殊詐欺は、よく聞く単語ではあるがやり方がわからないし、高級食パンの製造だって、何をどうやって始めればいいのか全く想像がつかない。そもそも牧村は働くのが嫌だからニートをやっていたわけで、そんな人間がいきなり個人経営者になれと言われても、何一つピンとこないのだ。

（大体俺、罪を犯したくないよ……！）

牧村は頭を抱えた。犯罪行為はしたくない。だが、シノギは上げなくてはならない。なんたって牧村はパソコン知識が豊富な期待の新人なのだ。結果を出して当然だと思われているし、もし結果が出せなかったら……。

（責任とって、指詰めろとか言われるのかな……）

ぞわっと背筋に震えが走る。ヤクザといえば指を詰めるというイメージがある牧村だが、組を抜ける時以外にも、不始末で指を詰めるのだという話を聞いたことがある。その不始末はどのレベルの物事なのだろう？　期待に応えられなかったらドスを持って迫られるのだろうか。怖い。想像するだけで震えが止まらない。食事を終え、一人部屋に戻った牧村は、布団をかぶって半泣きになった。

（シノギ、上げないと……どうしよう……）

牧村は考えた。考えに考えに考えた。ここまで人生で頭を使ったことがあるかというくらい考えた。はっきり言って、受験シーズンですらここまで脳をフル回転させたことはない。

（ヤクザのシノギって、他に何があるんだ？　ていうか、普通に働いてプラスアルファでお金納めるんじゃダメなの？　それでもよくない？）

そうだ、それでいこう。普通に空き時間でアルバイトとかして、それを「俺もシノギしてきましたー」とドヤればいいのだ。働きたくない牧村にとってはかなり厳しい話ではあるが、犯罪に手を染めるよりはマシだ。……と、思ったのだが。

「え……暴力団員て、アルバイトできないの……!?」

ネットでその情報に行きついてしまった牧村は愕然《がくぜん》とした。暴排条例の影響で、基本的にどんな仕事であっても反社会的組織の一員でないことが雇用の大前提であり、暴力団構成員の牧村は雇ってもらえない。しかもそこで構成員ではないと虚偽の申告をすれば罪に問われる。日雇い等はその限りではないかもしれないが、安定した仕事とはとても言えないし、そもそもシノギと呼べるほど稼げるだろうか。

（詰んでる……組員になった時点で、悪事に手を染めて生きていくしか手がない！）

今更ながらにその事実に気づいた牧村は、椅子の上で灰になった。すっかり馴染《なじ》んだこの部屋の、ぬぐい切れない独房感が増した気がする。

しかし灰になっていたのも三分ほど。牧村は気を取り直してパソコンに向き直った。シノギをうまく上げられなければ責められて指を詰めることになるかもしれないし、抜けたいですと言っても同じく指を詰めることになるだろうし、結局のところ、構成員になってしまった以上金を稼がないと指が無くなる。牧村はそう思い込んだ。

父親譲りの思い込みの強さと母親譲りの無軌道な行動力で牧村が辿《たど》り着いたのは「グレーゾーンで稼げばいい」という結論だった。牧村は自分の知識と技術をフル動員し、出会い系サイトを立ち上げた。それも「いかにも」な出会い系サイトではなく、一見ごく普通のパズル系アプリゲームのような見た目のサイトである。

一般の出会い系サイトは、相手にメールを送ったりするのにポイントを使う。ポイントはすなわち課金であり、一回メールをするごとに五十円から百円前後のポイントを消費する。

あるいは月額制で、月に千円程度の課金でメールを送り放題か。

しかし牧村が立ち上げた出会い系サイトは少々違う。ゲームをプレイしてポイントを稼げるようにし、そしてその稼いだポイントでメールを送付できる仕組みにしたのだ。もちろん、ゲームをプレイするのが面倒な場合は、直接ポイントに課金することもできる。このあたり、もしかしたら何らかの法律に引っかかるのかもしれないが、この際そこは無視することにした。最悪、その辺を指摘されてもさくっと権利を放棄すればどうにかなりそうだし、違法薬物を売りつけるよりはマシである。

ゲーム自体はオーソドックスなパズルゲームで、とっつきやすく人を選ばない。登場するキャラクターはゆるいデザインの猫や犬、インコやオウムにペンギンなどで、しばらくプレイしないで画面を放置すると、キャラが勝手に集まってきて昼寝を始めるという、細かい演出も取り入れた。この辺は牧村一人の技術ではどうにもならなかったが、ネット上で人材を探し発注することでどうにか乗り切った。大変ではあったが、飛ばし携帯の販売をしたり高級パン店を始めたりするよりは、牧村には遥《はる》かにとっつきやすかった。

そしてこの「一見出会い系に見えない」システムが功を奏したのか、牧村が開発したアプリは大当たりした。出会い系を楽しむ層だけではなく、普段は出会い系をしない層にまで広がりつつあったのである。

「牧村、やるじゃねえか。このままうまく軌道に乗せりゃあ、でけぇシノギになるかもしれないぞ」

「だよなあ。他の組でも出会い系の運営はやってるが、こんなに素早く儲けに繋げたヤツ、見たことねえよ」

「あ、あはは……」

全員集まっての定例総会の場で、牧村は戸山や北岡をはじめとする中高年幹部たちから肩を叩かれ褒め称《たた》えられた。定例総会とは月に数度、幹部と一部の構成員が集まって行われる会議で、どこそこの組の誰それが破門になったとか、服役したとか組を継いだとか、そういったことが報告されるのだ。

「俺だって牧村に協力したよなあ？　サクラの連中、紹介してよ」

「あ、はい。ありがとうございました、助かりました」

ドヤ顔をする戸山に、牧村は頭を下げる。出会い系といえばサクラ、つまり業者側の仕込みの女性がつきものだが、牧村はそれを戸山のツテに頼った。戸山が「面倒を見ている」キャバクラの女性たちに、アルバイトとして出会い系の女性役を依頼したのである。サクラを雇っているという部分で完全にホワイトなサイト運営ではないが、牧村としては脅迫や恐喝ではない分、圧倒的に気が楽だった。

ちなみに、サクラ行為自体でも詐欺罪が成立する場合がある。たとえば二〇一二年には、アイドルを装って利用者から七千二百万を騙し取った出会い系サイト運営会社社長と、アルバイトの男女四人が逮捕されている。また二〇一五年には、多数の男性アルバイトを雇い女性を装ってサクラ役をやらせ、複数の出会い系サイトを運営し、延べ二七〇万人から六十六億円以上を売り上げていた会社社長らも逮捕された。これは男性の方が男性心理に長《た》けているため、利用者をうまく転がすことができたという事例とも言える。

これらはアイドルを騙《かた》る・女性を装うなどして明確な意思を持って相手を騙しているので詐欺罪が適用されたわけだが、牧村のアプリはというと、サクラは雇っているが女性だし、彼女たちも「お願いされて出会い系を試してみた」という体である。また、課金自体も高額課金させることを狙うのではなく、多数からの少額課金、つまりは薄利多売を狙っているために、利用している側も詐欺と疑いにくい。訴えられれば罪に問われるかもしれないが、訴える人もいないだろう、というシノギだった。

そんなこんなで、皆が新人である牧村の頑張りを褒め称え、ほんわかムードが漂った総会だったが、その日はいつもと違う部分があった。今川も出席する総会だったのに、中村が不在だったのだ。

中村は組長付きなので、今川がいる時はほぼ百パーセント組にいる。そのはずなのに、一体どうしたのだろうか？　違和感を抱きつつも仕事をしていると、総会が終わって一時間後の夕方に、野口が渋い顔で話しかけてきた。

「牧村、中村探してきてくれ。キャバクラに集金に行ってんだが、戻ってこねえんだよ」

「あ、はい……わかりました」

（集金だったのか、じゃあ、いなくても仕方ないかな……？）

首を傾げつつ、牧村は言われた通り近隣の歓楽街に向かった。時刻は十七時半、まだこの街の「夜」は始まったばかりだ。キャバクラやイメクラ、ピンサロやホストクラブ等の看板に明かりが灯《とも》り、店の前を掃く従業員の姿も見える。

煽情的《せんじょうてき》な看板から目を逸らしつつ先を急いでいると、目の前でサラリーマン風の二人連れが、楽し気に笑いながらソープランドらしき店に入っていった。それを見て牧村はげんなりする。

（連れ立って風俗店って、お互い気まずくないの？　ヤじゃない？　終わってから待ち合わせて帰るの？　そこでどんな会話すんの？　ええー理解できない……）

牧村は女性経験がない。そもそも恋愛経験も交際経験もない。女性に興味がない訳ではないが、それは漫画や映画に登場するような、キラキラした「恋愛」というものに対する憧れなだけで、積極的に女性と関わろうという意識は薄い。

いつかきっと、飛空艇から落ちた女の子が空から降ってきて——とまでは思わないが、街角でパンを咥《くわ》えて走っている女の子とぶつかったり、本屋さんで偶然同じ本を手に取ろうとして指と指が触れ合ったり、そういう甘酸っぱい出会いが訪れる日が来るの待っている。要するに牧村は、恋愛に関しては奥手だし引っ込み思案なのである。

そんな牧村にとって「性欲を発散したい」という目的のためだけの風俗店は、ある意味で謎の店である。訪れる客は恋愛の延長線上の肉体関係ではなく、最初から堂々と性交を、つまりヤラシイことをしてもらうことを目的としているのだ。それって直接的すぎて恥ずかしくないだろうか。それに自分が欲求を発散したいという気持ちに、初対面の女性を付き合わせるのは抵抗を感じてしまう、牧村ユタカ童貞二十四歳である。

(需要があるから供給があるんだろうし、稼げるからとか、好きでやってる人もいるのも知ってるけど……やっぱ大変な仕事だよなぁ……)

事務所で今川の幹部たちが、風俗店勤務の女性から相談を受けていることが稀にある。厄介な客がいたり、賃金を正当に受け取れなかったり、身バレして脅迫を受けたり、皆、苦労しているのだ。

そしてそうした厄介事や、他の暴力団に目をつけられた時、また嬢の移籍や引き抜き問題が発生した時に、間に入るのが今川組である。そのために毎月みかじめ料を払ってもらっているわけだが、組員に出て来てもらう機会が低ければ店側としても不服はあるだろう。そもそも暴排条例が成立してから、暴力団に金を払う店は激減している。

今日中村が集金に行っているのは、そうした中でも律儀にみかじめを払っていたキャバクラ店だ。この店は先日もトラブルに見舞われた。とある芸人が嬢にしつこく言い寄り、落とせないとわかるとぼったくり被害を受けたとして、SNSで店ごと告発するぞと脅してきたのだ。これは言いがかりだったが店と嬢はネットで晒《さら》されることを恐れ、今川組を頼った。

今川組の母体である大判組は、今も芸能界に人脈がある。今川組は大判組経由で芸人の事務所へと手を回し、火消しを行って和解させた。更に芸人自身からも迷惑料という名目でいくばくかの金銭をキャバクラ店に支払わせた。中村はその迷惑料を、今川組への謝礼として受け取りに行ったのである。なので揉めることもないはずだったのだが……。

（あ、いた。中村さんだ）

目的の店の裏口で牧村は足を止めた。路上がスタッフの喫煙所になっているせいか、裏口の扉は半ば開け放たれていて、事務所の様子を戸口の隙間から確認できた。薄暗い路地の、四角く切り取られた空間の向こうで、中村は無表情でパイプ椅子に座っている。

中村さん、と声をかけようとした牧村は、その異様な雰囲気に口から出かかった声を止めた。中村の前に座ったオーナーらしきスーツの人物は、落ちつかなさげに目線を彷徨《さまよ》わせており、その後ろには二人の男が立って中村を嘲るように見下ろしている。黒っぽいTシャツにネックレス、ワークパンツというような出で立ちの彼らは、それぞれ首と腕に記号のような刺青、いや、タトゥーを入れているようだ。

(え、ええー？　何あれ？　どういう状況？)

牧村の危険センサーが音を立てる。これはやばい。何かわからないが、とにかくヤバい。一触即発の気配がする。

「……じゃあ、何か。ウチが動いた分の金も払えねえってことか」

「すみません……お支払いするのが筋なのは、重々承知しています……ですが、先週……警察が見回りに来て、ウチが今川組と懇意にしていると……」

オーナーが呻くように言葉を紡ぎ出した。

「本当に、今までよくして頂いて……心苦しいんですが……サツに目をつけられたとなると、もう……」

「だからよ、中村サン」

タトゥー男の一人が身を乗り出し、厭《いや》らしく笑いながら中村に顔を寄せた。

「この店は、俺らの店になったってわけ。だからもう、今川組はいらねーの」

――半グレだ。

牧村はその事実を察し、息を呑んだ。

半グレはある時期、一大勢力となって暴力団を追いつめたと言われている。

一般人である半グレは、どれほど凶悪な組織であっても、暴力団と違って暴対法や暴排条例が適用されない。そのため警察も対応に苦慮し、半グレは街を我が物顔で闊歩《かっぽ》していた。半グレによる詐欺事件や暴行事件は数多く、殺人事件も起きていた。

だが結局のところ半グレは素人《しろうと》集団で、裏社会の専門家ではないのだ。半グレの春はそう長くは続かず、巨大だったチームは次第に小規模化していった。現在ではそれぞれが暴力団に加入したり、上納金を払って庇護《ひご》を得たりと、半グレと暴力団員の対立構造は消えていった。そのはずなのだが……。

「今時、組とか怖くねェんだよなあ。どうせアンタら、なんもできねえしさ」

「この間の芸人も、俺らだったら拉致ってボコって、黙らせた上で詫《わ》び料一億くらいイケたのによ、はした金しか取れてねーじゃん」

(一億？　何言ってんのこの人たち……)

呆《あき》れた牧村だったが、店の中では中村に向かって嘲笑が起きた。オーナーの男性は咎《とが》めるような視線を背後の二人に向けたが、何も言わない。何も言えないのだろう。

半グレの中でも、組に関わったことのある年長者がいたり、ある程度年月を重ねたグループは暴力団の怖さを思い知っている。暴力団は裏社会のプロフェッショナルであり、舐《な》めてかかると必ず報復が待っている。半グレは独立した個人が緩く繋がり合っているだけだが、暴力団は違う。弱体化したと言われる今でも、強固な結束と広大な組織網で、裏社会の頂点に君臨し続けているのだ。

だが一部の半グレは、暴力団に対する警戒心を持たない。虚勢を張っているのか実際にそう思っているのかは定かではないが、恐るるに足らずと暴力団に楯突《たてつ》き、場合によっては組員に暴行を加えるのだ。この男たちもそういう手合いであると思えた。

（な、中村さん、大丈夫かな……ここでいきなり、袋叩きにされたり……）

牧村は行動に迷った。加勢するのがいいのかもしれないが、牧村は殴り合いの喧嘩《けんか》をしたことはおろか、人に手を上げたことがない。加勢してもなんの戦力にもならないことは目に見えている。

だとしたら、何ができるだろう。……ここで「遅かったので迎えに来ましたー！」とか空気をぶち壊しながら入っていって、シレっと中村を回収するとか？　そうだ、それしかない。怖いけどそれなら行ける気がする。牧村とて、世話になっている中村がボコボコにされる現場なんて見たくはないのだ。

牧村が汗を浮かべながら深呼吸して、震える足を叱咤《しった》しタイミングを見計らっていると、中村がふらっと立ち上がった。

「……そりゃ確かにその通りだな。ヤクザはもう、夜の街にゃ居場所がねえんだろうよ」

そう呟いた中村の表情は見えない。もっとゴネられると思っていたのか、オーナーはほっとした顔をしているようだ。

「申し訳ないです……！　本当に、我々も……どれだけ今川さんにはお世話になったか」

「いや、条例があるからな、これぱっかりは仕方ねーわ。……ところで、オーナーさん」

「は、はいっ」

「餞別《せんべつ》にこのボールペン、貰っていいかい」

「え？　あ……はい、構いませんが」

中村はポケットからハンカチを取り出すと手のひらに広げ、机の端のペン立てにあったボールペンを一本、そのハンカチで包むように取った。

(ボールペン？　店の名前でも入ってんのかな……なんだっけ、そういうの。そうだ、ノベルティ？)

首を傾げつつも、無難に終わりそうな雰囲気に牧村が胸を撫で下ろしていたその時。

中村が振り向きざま、そのボールペンを半グレ男の頬に突き立てた。

「あブッ……！」

奇妙な声を上げ、男が仰《の》け反《ぞ》る。一瞬でそれを引き抜き、今度は、

「っギャア！」

凶行に硬直していたもう一人の半グレの側頭部に、中村が拳を叩きつける。半グレは壁に体を打って跳ね返りながら崩れ落ちた。その男の耳の穴には、ボールペンが深々と突き立っている。

「ひ……！」

「そんじゃ、今までどうもな」

ハンカチを回収し、折りたたんでポケットに入れた中村は、声も出ないらしいオーナーにさらりと告げて裏口へと向かった。明るく寒々しい事務所から、夜の路地裏へ。闇に溶け込むように歩き出す。そして路地の端で呆然と立ち尽くしていた牧村を見つけ「ん？」と眉を上げた。

「どうした、こんなとこで」

「あ……あの……、中村さんが、遅いんで、迎えに、って」

「あれ、そんな遅かったか？　悪いな、話し込んじまってよ」

「だ、大丈夫です……」

「総会、何かあったことあったか？　……そうだ、今日仕出し弁当来る日じゃねえか。俺

の分、残ってっかなあ」

弁当の心配をする中村に、牧村は冷や汗が止まらなかった。一、二分前に見た惨劇が頭から離れない。

半グレ男の頬に深々と突き立ったボールペンは、明らかに貫通していた。あれは手術で治るのだろうか。水を飲んだら穴から漏れるとか、そういうことにならないだろうか。

それにもう一人も、ボールペンの半分？　三分の一？　くらいは耳の中に突き立っていた。もしかして頭蓋骨までいった？　それって人体として治療できるレベル？　通報されたらどうなるか……。

そこまで考えて、牧村は気づいた。

中村がハンカチで覆った手でボールペンを摑《つか》んだ理由。

（……指紋、残さないためだ……）

この陽気で頼りがいのある先輩の中村も、やはり暴力団構成員なのだ。

またこの夜も、牧村は眠れなかった。

目の前で行われた凶行が衝撃的過ぎたのだ。

だがしかし、どこかで——頭の片隅で、少しだけすっきりしている自分もいた。

（……だってアイツら、ものすごく馬鹿にしてた）

半グレ二人が中村に向けた嘲笑は、大人しい気質の牧村でも苛立つのに充分だった。

暴力団は、今まで積み重ねてきた犯罪行為の実績があり経験がある。奪ったり盗んだり脅し取ったりと、散々カタギに対しては悪いことをしてきているが、それでもケツ持ちをしている以上、暴力団は夜の店を守るのだ。もちろん金だけ受け取って何もしない、どうしようもない組もあるが、少なくとも地域密着型の今川組は、夜の店を、夜の店で働く人々をきちんと守ろうとしている。

その今川組の組員である中村に対して向けられた嘲笑は、今川組のこれまでの努力と庇護に対する嘲笑であり、すなわち「看板を踏みにじられる」ことでもある。それはどうしても、受け入れられない。

だから中村が手ひどい報復をしたことに、恐怖はしても抵抗は感じられないのだ。

（……いい気味、って思っちゃったんだよなあ……）

牧村は布団にもぐりこんだ。息がこもって顔が熱い。

いつの間にか牧村の中にも、今川組の構成員であることに対するプライドのようなものが芽生え始めていることを自覚して、寒気を覚える。

（いやでも！　俺は暴力怖いし！　そっちは向いてないから、早く一般人に戻らないと……！)

しかしこのまま組の中にいると、恐らく今日のような光景をたびたび目にすることになる。場合によっては加担させられるかもしれない。想像するだけで血の気が引く。

「みんな、シノギの根本は脅迫や暴力だからな……金を稼ぐためにはそうなるだろうけどさぁ……周りの人ら、ヤバすぎでしょ……どうすればいいんだよ……」

自分のシノギがうまくいったと思ったらこの事態。またも半泣きになる牧村である。

明日、事務所で中村の顔を見るのが怖い。中村は凶行のあともいつも通りだったのだが、それが逆に恐ろしさを倍増させている。眠ろうと目を閉じると、頬を貫き、耳に突き立ったボールペンの幻想が頭に浮かんでしまう。結局この日、牧村は明け方まで寝付けなかった。

おまけに考えすぎたせいか朝から発熱し、一日仕事を休んだ。

そしてその間に、事態は急変する。

「えっ、や、辞めた……？」

翌日、事務所に顔を出した牧村に告げられたのは、中村が組を離脱したという事実だった。

「辞めたって、どういうことですか……！　中村さん、辞めてどこに行くんですか⁉」

「離脱届出して、サツにその旨伝えて、あとは一般人に戻ったってことだ。それ以上でも以下でもねえよ」

「戻った……？」

何でもないことのように言った野口は、いつもと全く表情が変わっていない。椅子の一つに腰を下ろし、自分のシノギであろう帳簿を眺めている。

「昨日、オヤジに申し出たらしい。で、他の連中に伝われば皆が引き止めるから、オヤジがその足で中村を警察行かせたんだと」

「そ、そんな……じゃあ、あの……指、詰めたり」

「してねェよ。元々大判組傘下じゃ、よほどじゃねえと指は詰めさせねえんだ。本人に罪科《ざいか》がある時以外はな」

「……！」

一気に入ってきた情報で、牧村はしばらく呆然と立ち尽くしていた。野口は無言だ。牧村が驚いているのはわかるだろうに、それ以上何も言わず、牧村を追い払うでもない。

何かを探し求めるように揺れた視線の辿り着いた場所は、ソファセットだ。居室の端のそこは喫煙スペースにもなっていて、中村の定位置でもあった。一昨日《おととい》まではそこで中村が買い込んだ漫画雑誌を読んだり、難しい顔で野口と話したり、笑ったりしていたのに。

「中村さん……辞めちゃったんですか……」

「……寂しいか？」

「お別れの挨拶もできなかったし……寂しい、です、けど……」

最近の中村は、苛立っていた。

あれは恐らく、これから先の人生を思っての焦燥だ。――その気持ちは、牧村にも痛いほどわかる。

「……奥さんもお子さんもいるし、一般人に戻れたんなら……よかったんじゃないですか……」

「……そうだな」

「きっと、これから……穏やかに暮らせますよね」

その言葉には、返事がなかった。

（離脱、かぁ……）

自分の席についてパソコンを立ち上げた頃、牧村はようやく事態が呑み込めてきた。

中村が抜けた衝撃は大きい。あの朗らかさや親しみやすさは、いつの間にか牧村の拠《よ》り所になっていた。中村の行った凶行は震えるほど怖いが、それはそれとして、組から中村がいなくなってしまったという現実は、中々にキツイ。

だが、ある意味で一筋の希望が差したようにも思えた。組にとって重要人物だった中村が辞められたのだから、牧村だって辞められるに違いない。……いや待て。

（……あんな大黒柱みたいな人がいなくなったんだから、逆に俺みたいのでも辞めさせてもらえない……とか？）

ブラック企業でなくとも、連鎖的に人が抜けると会社は成り立たないので、忙しい職場では引き止めが行われると聞く。今川組は企業ではないが、牧村だって上納金を支払っている。連続で人が抜けるのは痛いに違いない。ということはもう少し機を待つ必要がありそうだ。

それに……。

牧村は顔を上げた。事務所の奥の方では、戸山と他の幹部がアレコレ話し込んでいる。あれはおそらく違法薬物の取引の話だ。中村を迎えに行った牧村が目撃したように、今川組は現在、シノギの元だった夜の店界隈《かいわい》から締め出しを食らっており、財政が非常に厳しい。したがって薬物の方に特化しつつあり、それは牧村としても、あまりよくないな、と思うのだ。

（……俺、組員になっちゃったしなあ……）

もし誰かが薬物で警察に捕まれば、芋づる式に牧村も逮捕されるかもしれない。それを思うと身震いがする。総会では頻繁に「どこそこの組の誰それが務めに入った」という形で服役の報告をされるので、服役は組員の通過儀礼であることは牧村も理解している。服役経験があって一人前というか、一つ義務を果たしたというような、そんな空気すらある。

だが、服役は嫌だ。のほほんとして生きてきた牧村にとって刑務所は全く縁のない世界であり、入ることを想定した人生設計をしていない。大体服役して前科がつけば、社会復帰は難しいだろう。牧村は一般人に戻りたいのだから、刑務所からはできるだけ遠ざかっていたい。

ため息とともに牧村はパソコン画面を見つめた。運営している出会い系サイト兼ゲームアプリは、皮肉なことにこれ以上ないほど運営が順調で、見たこともないような金額の売り上げを叩き出している。もしもこれをニート時代に開発していたら、ぼろ儲けして家にも金をいれ、子ども部屋暮らしを継続できていたのではないだろうか？

そう思ったが、いやいや、と再び息を吐いた。アプリの開発及び技術力は大学時代に身に付けたものだが、運営に関する知識は今川組構成員になってから周囲を見て学んだものだ。どうすれば出会い系で儲けが出るか、どういう風にサクラを入れてどういう風に客を誘導するべきか、それらはニート時代では知りえない知識なのだ。ということは結局、牧村は今川組に入らないとアプリで稼ぐことはできていない。

（……どこで人生の選択肢、間違えたんだろ）

牧村も中村のように離脱したい。そしてのほほんと生きていきたい。だが、今はまだ早い。あと一か月か、二か月か。時機を見て今川組長に組を辞めたいと切り出そう。……そう秘かに誓った牧村だった。

そして、三か月が過ぎた。

牧村はまだ今川組構成員だった。

この間は何もしなかったわけではない。牧村はアプリ運営でシノギを上げつつ、引き止められずに組を抜ける方法を必死に考えていたのだ。そして得た結論が「金の分配」である。

牧村のアプリの収入額は大きい。なのでその金で今川組構成員、特に高額の上納金に苦しんでいる幹部たちを補助することにしたのだ。額としては、それぞれの上納額の半分で統一した。そうすることで、たとえば毎月三十万納めていた幹部は、十五万円の支払いで済むようになったのだ。

もちろん、ただ「補助しますよ！」と言えば、体裁を何より大事にする幹部たちは嫌な顔をするか、馬鹿にするなと怒鳴りつけてくるだろう。だが牧村は、幹部たちが牧村に自身の下の役職を与え、自分にも上納させたがっている気配を感じていた。組員とはそういうものなのである。金になる人間には、人が群がる。裏を返せば、誰も彼もが金回りが厳しいということでもある。

だが誰か一人を選んで下につきシノギを当てにされてしまうと、人間関係に軋轢《あつれき》が生じる可能性がある。なので牧村は幹部全員に対して補助することにしたのだ。また相手の面目を立てるために、補助ではなく御礼という形で申し出た。アプリを運営するにあたって手助けをしてもらったり、助言を貰ったことに対する諸先輩方への謝礼という意味合いである。

これは効果絶大で、金に困っていない一部の幹部を除き、ほとんど皆が「お前は義理堅いヤツだ」と笑顔で受け取ってくれた。中にはほっとしたように息を漏らす幹部もいた。ひと昔前ならともかく、現在は幹部であっても懐事情は厳しいのだ。だが自分に金が無ければ下に大きな顔はできないし、見栄《みえ》を張れず体裁も取り繕えなくなってしまうという現実がある。

この見栄は暴力団の世界では非常に重要だ。どこそこの組の若頭は組長に何百万のゴルフセットを贈ったとか、ある幹部は弟分の誕生日に高級ラウンジを貸し切ったとか、そういう武勇伝が一瞬でまことしやかに広がり、羨望される世界なのだ。なぜなら正業を持てない裏社会の人間にとって、金があるということは悪事の才能があるということとイコールであり、「うまくやっている」者は一目置かれる。逆に言えば、金のないヤクザは人権がない、とまでは言わないが、愚鈍なヤツだと馬鹿にされがちだ。

結果として、牧村のこの上納金補助で、今川組全体の張り詰めた空気が緩んできた。そして牧村の狙い通り、無茶なシノギを上げる組員が減り始めた。

金がない時分は今川組も積極的に薬物を売買せざるを得ないし、脅迫・恐喝や詐欺行為を繰り返すしかない。しかし牧村が資金を補助したことで、多少ではあるが、凶悪な犯罪行為をする必要性が減ったのだ。もちろんそういった悪事がゼロになることはあり得ないが、例えば三件の恐喝事件が二件になることの意味は大きい。これは組全体としてもかなり良いことである。誰も服役しなくて済むのだから。そしてそうなれば、牧村も犯罪の連帯責任で捕まる可能性が減る。牧村としては万々歳である。

ただこれらの行動で、一度溜まり始めた個人資産はほぼゼロになったが、牧村はそれで構わなかった。牧村の目的は金儲けではなく、組員を辞めることなのだから。このアプリ自体は二、三年もつと踏んでおり、その間に自動化させるか、誰か一人詳しい人間を用意できれば牧村が抜けても問題がなくなる。なので「手が足りない」と言ってパソコンに詳しい新人を雇ってもらい、牧村はその人物にアプリの運営を任せて組を後にする。そうなれば誰も引き止めないだろうし、むしろ笑顔で送り出してくれるに違いない。完璧だ。と牧村は内心でドヤった。

ただ、少しだけ心が痛い。それというのも……。

「おう牧村！　どうだ、うまく行ってるか？　ほらよ、差し入れのオレンジジュース！」

「ほんとすげえよなぁ。大学でどんな勉強したら、こんなもん作れるようになるんだ？」

「そんなに難しくないですよ。あの……よかったらプログラム、やってみます？　簡単な落ちものゲームとかなら、すぐ作れますよ。自由研究でやる子もいますし」

「自由研究？」

「えっ、ちょ、教えてくれよ。俺、孫に自慢してえ！」

「俺も俺も！　ぷよぷよみたいなのできるのか？　面白そうじゃねえか！」

「あはは、いいですよ。じゃあ、後で……」

「兄さん方、そいつ忙しいんで、邪魔しねえでやってくださいよ。……牧村、晩飯はこの間のコンビーフカレーでいいか？　それとポテサラ」

「やった！　俺、あのカレー大好きです！　でもポテサラって、アンチョビのやつですか……？」

「……ンな不安そうな顔すんな。リンゴと茹《ゆ》で玉子入れたやつにしてやるよ」

「ありがとうございます！」

これである。

野口をはじめとして、他の幹部から下っ端の構成員まで、皆、牧村に優しいのだ。

このご時世では珍しい新人組員だということと、シノギを上げて皆に還元していること、また牧村が妙な意地を張らずに一生懸命諸先輩方から話を聞いて、暴力団業界、すなわち渡世と呼ばれる世界のことを学ぼうとしている姿勢が、彼らの中で相当な好評価だったらしいのだ。今川組に来て以来、何かと感謝されありがたがられていたのだが、時が経《た》ち、いつの間にか皆が牧村を可愛《かわい》がって大事にしてくれるようにもなっていた。とはいえ暴力団なので、そこかしこで交わされる犯罪行為の密談に普段の牧村は怯えきっているのだが、雑談となると途端に気が緩んでしまう。

牧村は今まで学校の授業も部活動も、言われた通りこなすだけで自分から積極的に学ぼうとしなかったし、その必要性も感じていなかった。大学卒業後も大した理由なく楽な方に逃げてニート生活を楽しんでいただけあり、努力して上を目指すという上昇志向がないのだ。モブに徹した人生で充分に満足していたのである。そんな牧村なので、周囲からの扱いは軽かった。熱意をもって接してくれる相手がいなかったのだ。

しかしこちらがやる気と感謝を見せ、一生懸命関わろうとすれば、相手も親身になって対応してくれるのだと知った。もちろん最初は面倒臭そうにする組員もいるのだが、何度も頭を下げて師事を請い礼を言ううちに、相手の態度が変わってくる。偏屈だと言われていた組員すら、競馬で勝ったからと牧村に駄菓子をくれるようになっていた。

これらはすべて、牧村が結果を出しているからだということはわかっている。使えない人間だったら、それなりの扱いだっただろう。それでも。

（……あったかいんだよなあ、今川組……）

野口の特製カレーを食べながら、牧村は考え込んだ。牧村のリクエスト通り、リンゴ入りのポテトサラダが横に添えられている。コンビーフのカレーの具材はコンビーフと玉ねぎだけでジャガイモは入っていないので、食材がかぶることもない。

ここまで親切にされたこと、必要とされたことが牧村にはない。いくら犯罪組織とはいえ、離脱すればこの場所を失うかと思うと何やら息苦しくなってしまう。

(……中村さんはどうしてるだろう。寂しくないかな)

――そう思った数日後、牧村は路上で中村と偶然の再会を果たした。

「牧村？」

「中村さん！」

そこは組事務所からは遠い秋葉原の一角で、パソコンソフトを買いに来た牧村が、偶然にもすれ違った相手が中村だったのだ。中村も牧村に気づいたようで、足を止めて振り返りこちらを凝視している。牧村は思わず笑った。懐かしさと奇妙な安心感があった。

「お久しぶりです！　中村さん、感じ変わりましたね！」

「ああ……まぁな」

数か月前はスーツでビシッと決めていた中村が、今日はラフなスタジャン姿である。これはこれでオシャレだしかっこいいと思えたが、それにしても表情が暗く、なんとはなしに疲れているように見えた。組を抜けて一般社会で穏やかに暮らしていると思ったのに、どうしたのだろう？　慣れない肉体労働でもしているのだろうか。

「中村さんいなくなって寂しいですよ。野口さんも同じで。寂しそうにしてました」

「あー……うん、悪いな……ホントに」

息を吐いた中村は、ぐしゃぐしゃっと自分の後頭部をかき回した。らしくないな、と牧村は再び内心で首を傾げた。

「中村さん、せっかくだから少しお話しません？　お茶でも……」

「あー……悪い、話したくないわけじゃねえんだが……お前と喫茶店とかまずいんだよ」

「え？」

「偽装離脱、疑われちまう」

「……ハイ？」

「知らねえか、偽装離脱。暴排五年条例とか」

「な、なんですかそれ？　初耳です……！」

中村はちょいちょいと牧村を指で手招きし、人の行き交う道の端に避けた。ビルの壁にもたれて、ため息をひとつ。

「組員ってのは、警察に目ぇつけられてるだろ。名前と顔を登録されてよ」

「……そうですね。それで、クレジットカード作れなかったり、車買えなかったり……」

「それが、組を抜けても五年間続くんだ」

「……五年？」

「組を抜けりゃ、組から破門・絶縁状が出る。それを持って警察に行くと、警察が抜けた組員の名前を「組関係者」の枠から削除する。でも、削除したからってすぐに一般人と同じ暮らしができるわけじゃねえ。離脱後五年間は、組員と同じ扱いを受けるんだ。当然、社会活動が制限される」

「じゃ……じゃあ、今の中村さんは……」

「俺の名義じゃ家も借りられねえし、通帳も作れねえ。携帯も契約できない。そんな人間は、まっとうな仕事につくことが難しい。……ってのを、俺はこの数か月で学んだよ」

「組を抜けたのに⁉」

「マル暴が言うには、これじゃ組員が足洗えねえから、国も対応を緩める予定らしいが、今の時点じゃ俺に安定収入はゼロだ」

「あの、奥さんはどうしてるんですか？　組員だった頃は、パートも雇ってもらえないって言ってましたけど、今は」

「なんとか採用してもらって、一度は働き出したんだが、暗に退職勧められちまった。最後の数日は『元組関係者であることを黙っていた』ってことで、給料もなしだ。あんまり酷《ひで》ぇから文句を言いたかったが、下手な真似すりゃ元組員の夫が恐喝したってことになる。お手上げだよ」

　元組員に社会は厳しいとは聞いてたが、ここまでとはな……と、呟く中村に、以前の快活さはない。いや、以前は快活さの陰に底知れぬ怖さのようなものがあったのだが、今はそこに疲労が見え隠れしている。

「組員でいる間に、そういう扱いを受けるのは仕方ねえけどよ、抜けてまでこれとは、正直見込みが甘かったよなあ……辞めさえすりゃあなんとかなるって、そう思っちまったんだ。やっぱ俺、アタマ悪いわ」

「……じゃあ、今……どうやって生活してるんですか……？」

「昔の貯金と、俺の日雇いだな。でも、それだけじゃ生活できねえから……」

　——ガキどもにクスリ売って、生計立ててんだ。

　そう、中村は呟いた。

「クスリって……えっ、覚醒剤」

「シャブだの、チョコだの、まあその時その時だな。笑って俺を送り出してくれたオヤジには、とても言えねえよ……」

　シャブは覚醒剤のことで、チョコとは大麻のことである。大麻は解禁を始めた国も多いが、違法薬物であることは間違いない。そして今川組は、未成年や、成人していても学生に薬物を売ることはご法度である。その掟《おきて》を中村はしっかり守っていた。そのはずなのに……牧村は言葉が出なかった。

「……情けねえだろ、笑っていいぞ。でもそうでもしなきゃ、生活できねえんだよ。なんとか五年凌《しの》いで、完全に一般人に戻らねえと……」

「……さっき言ってた、偽装離脱っていうのは」

「暴排条例や暴対法逃れで、離脱してねえのに離脱したふりをする組員がいるんだ。現役組員であるお前とガッツリ親しくしてるとこ見られりゃ、俺もそれと同じだと疑われてサツに目ぇつけられる」

「す、すみません！　気軽に話しかけちゃって！」

「いいって、気にすんな。立ち話くらい問題ねえさ。それに正直、お前に会えて嬉しかったからよ」

中村の笑顔に、牧村は胸が詰まった。「入社」したての頃、何度もこの笑顔に励まされてきたのだ。近くに中村がいるだけで、周りの空気が柔らかくなる気がしていた。なのに。

中村の今は、牧村の未来だ。――俯いたまま、牧村はぐっと拳を握りしめた。

「……あの、俺……実は、組抜けたくて」

「は？　お前が？」

「……俺、覚悟ができてないうちに構成員になっちゃったから……やってけないと思うんです」

「……そりゃまあ、抜けるって言えばオヤジは反対しねえだろうが、でもやめとけよ。ロクなことになんねえぞ。俺を見てりゃわかるだろ」

「でも……」

「お前は才覚があるから、そのまま残ってた方が得だろ。それかせめて、辞めてから五年食っていけるだけの財産築いてからだな。でねえとお前、人生詰んじまうぞ」

「ッ……」

元気でな、と軽く片手を上げて去っていく中村の後ろ姿を、牧村はただ黙って見送った。離れがたかったのではない。目の前に突きつけられた現実に、身動きが取れなかったのだ。

重い足取りで牧村は自宅に戻った。自宅、というのは今川組事務所ではなく、ごく普通の賃貸マンションである。しばらく前、牧村は事務所での住み込みをやめて新たに部屋を借りたのだ。これは野口の指示でもあった。稼ぎ頭の組員を「部屋住み」扱いしているようで体裁が悪い、というのがその理由だった。

部屋住みとは、見込みのありそうな新人が組長宅や事務所に住み込んで下働きをしながら、渡世の礼儀作法や一般常識を学ぶ制度である。部屋住み期間中は徹底的に、時に暴力込みで厳しく躾《しつ》けられる。この期間は組にもよるが、概ね一年から二年で、かつては部屋住みは幹部コースの登竜門と言われていた。特に大きな組織の、いわゆる本家と呼ばれる場所ではその傾向が強く、部屋住みになるにも所属の組の推薦が必要な、狭き門なのだ。しかし現在では、部屋住み生活があまりに厳しいためなり手が減っており、なったとしても逃げ出す者が後を絶たないのだとか。ちなみに現在、今川組には部屋住みが不在である。

そして三階の、牧村が避け続けた部屋住み用の個室は「出る」と野口、中村が明言していたわけだが、そこで何があったかは幹部らに聞いて判明した。かつてそこは折檻《せっかん》部屋として使用されており、敵対組織の組員が暴行の末命を落としていたのだ。出るのも当然というか、出ない方がおかしい。二度とあの事務所には住まないぞ、と固く誓った牧村である。

「……はぁぁああ……」

一人きりの部屋でスーツを脱ぎながら、牧村は深い深いため息をついた。

組を抜ければ、詰み。――その言葉が胸に突き刺さっている。

足を洗っても五年はまともな就職はできない。下手をすれば住む場所もなくなるし、携帯の再契約も危うい。ということは、中村の言う通り事前に五年分の生活費を確保しておいて、更に五年間住み替えなくてもいい家と、機種変更しなくていい携帯と、その他もろもろ公的な契約不要の状況をしっかり構築してから組を抜けなければ、生きることすら厳しくなってくる。

「俺の稼ぎも、幹部の支援に回しちゃってるもんなぁ……」

今、幹部組員に対して行っている金銭補助を止めれば、五年分の生活費を稼ぐことはそう難しくないだろう。しかし一度始めてしまった金銭補助を止めるとどうなるか。どれほど気安く優しい態度をとってくれていても、彼らは暴力団なのだ。態度が豹変する可能性は大きいし、そんな彼らを目にしたくない。

(子ども部屋に戻れれば、生活費がなくてもやっていけるだろうけど……)

当面の目標通り、実家で世話になることができれば、足を洗ってから五年間凌ぐことは可能だろう。しかし……。

(……俺はその後、社会復帰できるのか……？)

子ども部屋に戻れたとしても、一生ニートを続ける気はない。さすがにそれでは人生が立ち行かないことはわかっているので、いずれはどこかに再就職して、ごく普通の人生のレール上に戻りたい。しかし一般社会の側は、牧村を受け入れてくれるだろうか。かつて暴力団に所属していて、その後五年間一般社会に関わらなかった人間を？　もし自分が雇用主だったとして、「元組員ですけど、組抜けてから五年経ちましたから一般人です！」という人間が面接に来たら、採用したいだろうか？　牧村なら、しない。よっぽど人手不足の業界ならともかく、そうでなければそんな人材を敢えて選ばない。

ということは、うまく暴力団を辞められて、五年凌ぎ切っても、待っているのは超ブラックな職場である。

(……う、うっかり暴力団員になったばっかりに……)

絶望で頭の中が染め上げられる中、牧村はのろのろといつものルーティンを始めた。哀《かな》しいかな、牧村はヤクザといえど事務員も兼ねているため、会社員と変わらない勤務形態だ。好き勝手に事務所に来ては帰っていく幹部たちと違い、気が乗らないから明日は事務所行かない！　など言える立場ではない。それは雑用係の下っ端組員たちも同じだが、彼らは人数が多いため、牧村よりも自由が多かった。

(実家帰ったら「暴力団なんかに就職するくらいなら、もう一生ニートでいいから！」とか言わねーかな……いや、ないな。ウチそんな富豪じゃないし……俺が死ぬまで、親生きてないし……あーどうすりゃいいんだろ、マジで……)

ほとんど無意識に洗濯乾燥機に洗濯物を放り込んでスイッチを押し、冷凍庫からカレーを取り出した。これは野口が先日のカレーをジップロックに小分けし、持たせてくれたものである。牧村はこのマンションで一人暮らしを始めたばかりの頃、コンビニ弁当すら買いに行くのが面倒で、カップ麺や駄菓子、ジュースを大量に買い込んでは主食にしていた。しかしそれを聞きつけた野口が叱りつけ、何かと持ち帰らせてくれるようになったのだ。

カレーを解凍し、パックご飯を温めて適当な皿に盛りつける。食欲はないのだが、食べておかなくては身体《からだ》が持たない。これも食えとブロッコリーのお浸しも持たせてくれていたのだが、そっちは面倒なので後回しにする。

いただきます、と手を合わせて食べ始め、

「……美味しい」

と、思わず口をついて出た。

先日の残り物ではあるが、やっぱり美味しい。トマトが入っているのか、少しの酸味と独特の甘みと、ごく普通のルーの風味が親しみやすさを感じさせてくれ、スプーンが止まらない。無言で口に運び続け、あっという間に食べきってしまった。

「……はぁあ……」

牧村は空になった皿を前に呻いた。これだから、辞めたいという気持ちが長く続かないのだ。どう考えても前途は暗すぎるのに、組員たちは牧村に優しいし、今やっている仕事も結果が出ているのでそれなりに楽しい。若頭の野口だって、ぶっきらぼうながら牧村を何かと気遣ってくれる。暴力団に対して怖い、辞めたいと思う一方で、あと少しくらいならこのままでもいいじゃないかと、そんな気分になってしまうのだ。

（今川組が、普通の会社ならよかったのに……）

しかし、今川組は暴力団である。

それは変えようのない事実なのだ。


鯛八木《たいやき》組、という名前の初見の印象は「美味しそうだなぁ」だった。

大判組系今川組も、頭に「アレ」のイメージが湧いてしまうと小腹を刺激する名前ではあるのだが、鯛八木組は直接的すぎる。それでいいと判断したのは誰だろう。

そう疑問を抱きつつ鯛八木組の代紋を見てみると、まんま「鯛焼き」で、もうどうしようもなかった。一瞬笑ってしまいそうにもなったが、それどころではない。

鯛八木組という急成長した組織が、大判組に抗争を仕掛けてきたのだ。

「つっても、抗争に入ったのは去年の話だ。もうずっと続いてんだよ」

「……抗争してたんですか!?」

「してたっつーか、してるな、うん」

モニターを見つめ、ぎこちなくマウスを動かしながら戸山が言った。先日登山に行った時の写真でカレンダーを作りたいとのことで、牧村にやり方を教わっているのだ
「鯛八木はもともと、ほそぼそやってた組だったんだが、何年か前に急にシノギ増やしてよ。

その資金力でこっちに喧嘩を吹っ掛けてきやがった。向こうのスカウトだか人気クラブだかに大判組が手を出したって建前だったが、ほんとだか嘘だか。一番激しくやりあったのは、もう一年くらい前だなぁ。その後、結局鯛八木組は運営に失敗したんだ。傘下の薄川《うすかわ》組と白《しら》井《い》組ってのが、シノギで下手打ったんだな。金がなけりゃあ喧嘩はできねえってんで、抗争自体もなし崩しに終わりかけてたんだが」

「かけてたんだが……？」

「こないだ鯛八木組の上が代替わりしたんだよ。そしたらまぁ、金がねえなら逆に攻勢に出ろ、大判組のシマと金を奪っちまえば、あとはこっちのもんだなんて、組員に無茶な発破かけやがって」

カチ、とクリック音が響く。画面内には青空の下、ポーズを決める戸山ら幹部たちがいた。

「そのせいで、最近風向きが怪しくなってきたんだよなぁ……あとひと山ふた山ねえと、終わらないかもな」

現在、組は抗争中だった。

その事実が判明しても、今の時点の牧村にはピンとこない。多分、偉い人の命が狙われ、強い誰かが守ったり戦ったりするんだろう。戦国時代だってそうだ。ターゲットになるのは将軍とか首領とかなのだから、新人で一兵卒の牧村は、目を付けられないよう大人しくしていればいい。……多分。

　とはいえ抗争という言葉は不穏だ。言われてみれば、最近総会でも誰それが務め入りとか、どこそこの事務所の修理がどうのとか、そういう話が出てきていた気がする。細かい部分、組の運営に直結する本格的な話は、幹部だけで別日にしているので、牧村には通りいっぺんの情報しか入ってきてはいなかったが。

　気になってネットで「大判組」「鯛八木組」「抗争」のキーワードで調べてみると、何件かのニュースがヒットした。歩いていた男性が後ろから刺された、車に銃弾が撃ち込まれた、軽自動車が門扉に突っ込んだ、等など、そんなニュースがちょうど一年前から増えている。戸山が言った通りだ。それからしばらく件数は減り、この一か月ほどで再び増加した。牧村はそれぞれの傘下の組名を把握していないために状況を摑みにくいのだが、双方がやり合っているということはなんとなくわかった。

（こ、こわー……いやでも、でも！　多分俺、関係ないよね？　大丈夫だよね？　てかそもそも、ウチの組ってこの抗争になんか関わってんの？　何も聞いてないけど……）

　暴力団の世界には、暴力団の常識がある。だが、牧村はまだその常識をほとんど知らない。シノギを上げることに必死で、渡世の知識を身に付けている暇がなかったのだ。だからいまひとつ理解できていないのだが、大判組という巨大組織において、今川組はかなり重要なポジションらしい。大判組の大親分、通称大判代表と呼ばれる人と、今川組の今川組長が兄弟分だからというのがその理由なのだとか。しかしその重用も近年形骸化しているそうだ。それもこれも今川組の運営に問題があったためである。

（今川組は特殊詐欺はしないし、薬物売買もするけどそこまで積極的じゃない。ネット関係の犯罪は、知識がないからうまくやれない。幹部は各自で土建業とかと繋がりがあるみたいだけど、それだって暴対法がある以上、今から参入することはできないだろうし、先細りする一方だ。そんなんじゃ当然、財政難になるよなあ……。でも、その代表って人と今川組長が兄弟分だっていうなら、お金の面で何かどうか便宜を図ってもらうとか、そういうことできなかったのかな……）

牧村は今川の顔を思い浮かべた。まだ数回しか話したことはないのだが、温厚そうで誠実そうな、会社の重役然としたあの人が、自分の兄貴分にそんな弱音を吐けるだろうか？　むしろ迷惑をかけられないと、何が何でも自分で解決しようとするのではないだろうか。そういう頑固さというか、美学がある人物に思える。

そんな今川組長が率いる今川組は、この抗争ではまだ特に被害を受けてはいないし、何かをしたということもなさそうだ。このまま静かに抗争が終わってしまえばいいのだが……。

牧村はパソコン画面の前でため息をつき、ふと首を傾げた。

（抗争って、どうやって終わるんだろ？）

その夜、就寝しようとしていた時、牧村の携帯に事務所から着信があった。相手は末次《すえつぐ》という、普段はあまり牧村と接点のない組員だ。年齢は三十代で、互いに悪印象はない関係だと思うが、牧村に直接電話してくるといえば野口か戸山、北岡がほとんどだったので少々驚く。

「牧村、事務所に来い。ヤベェことになった」

「え？　え？」

「オヤジがカチコミ行って、相手を殺《や》ったんだ。もう出頭してる」

「……はい!?」

「いや、現場でそのままサツ待ってたっつーから、現行犯逮捕か……とにかく、緊急事態だ。急いで事務所戻れ」

カチコミ？　殺った？　出頭？

あの今川組長が？　どっかの重役みたいな、学校の校長先生みたいな雰囲気の人が？

言われたことの意味がわからないまま、牧村は大急ぎで身支度をして事務所に向かった。

いつもなら人がいても二、三人という時間帯だったが、今日は十人以上が事務所に集まっている。息苦しいほどの緊張感の中、牧村は末次の姿を探した。壁際で誰かに電話をしていた末次は、牧村に気づくと手招きしてくれた。

「多分、すぐ若頭から話があると思うが、ちょっと待っててくれ」

「は、はい……」

さほど親しくない末次が牧村に電話してきた理由は、すぐにわかった。若頭の野口をはじめ戸山や北岡ら主要な幹部たちは、他の組や警察への対応に追われているのだ。皆どこかに電話をしたり、幹部同士話し合っているが、その表情には一様に焦燥感と切迫感が浮かんでいた。

「全員、集まってくれ」

居室の前方に佇《たたず》んだ野口が、声を響かせた。

「状況が摑めた。説明する」

水を打ったように場が静まり返った。電話中だった幹部らも、切ったのか保留にしたのかスマホを耳から離している。牧村もまた息を呑んで野口の言葉を待った。

「大判組と鯛八木組の空気が悪くなってたのは、皆も知っての通りだ。とはいえ今川は、本来手出しする立場じゃなかった。前回はウチから二人出して、今も務めの真っ最中だ。これ以上動く義理はねえ。しかし……」

野口の表情が、より一層険しくなる。

「動くべきだった組が、動かねえ。だから事態は悪くなる一方で、ウチに周りの目が向いた。武闘派を気取っちゃいるが、いざって時にゃあ日和見《ひよりみ》かと、そんな陰口も耳に入ってた」

末次の眉が寄った。ぐっと口を閉じて、野口の言葉を待っている。

「――このところ、今川組は下に見られちゃいたんだ。界転《かいてん》組みてェな勢いのある組織が出てくる一方、ウチは古いシノギに拘って、ここ数年金回りが厳しかった。オヤジが三役やってることについても、付き合いの長さで役を頂戴してんのかと、疎ましがる声もあった。そこに今回の件だ。不満を抱いてた連中は好き勝手言いやがった。斬れねえ懐刀に意味はあるのかとな」

三役とはなんだろう、と思ったが、誰にも聞ける雰囲気ではない。あとで調べようと牧村は脳内でメモった。

「ウチにゃあもう、鉄砲玉させられるような人間はいねえ。……妻子持ちどころか、孫持ちだっている。独り身の若衆も前科があるから、殺っちまえば最悪シャバに戻れねえ可能性もあった。……だから」

野口の声が揺れた。こみ上げてくるものを堪える響きに、牧村ははっと息を呑む。

「だから、俺らに泥被せねえために、オヤジは自分で行ったんだ……！　駐車場で待ち伏せて、向こうの連中を、銃で……！　殺ったら戻れねえってわかってたはずなのに、今川の覚悟を見せるために……！」

決壊した。片手で顔を覆う野口の慟哭《どうこく》を合図に、そこかしこで呻くような泣き声が聞こえる。事の重大さがわかっていなかった牧村だが、ここでようやく気がついた。

（そうだ……前科のある人が人殺しちゃったら、無期か、死刑……）

全身が総毛だった気がした。

そこまでして見せなければいけない覚悟とは、なんだろう。

人を殺さなければ守れないものなんて、この世にあるのか。

（――殺人、なんて）

殺されかけたから、正当防衛で相手を殺《あや》めてしまったというのは、理解できる。

でも今川組長は違う。待ち伏せて銃撃した。最初から殺すために動いたのだ。

これは、牧村の理解の範疇《はんちゅう》を大きく超える。


三十分ほどが過ぎただろうか。

気がつけば、周りからほとんど人がいなくなっていた。組長が殺人を犯して逮捕されてしまったのだから、皆、それぞれやることがあるのだろう。暴力団は横の繋がりが強いし、今川組には下の人間を抱えている者も多い。報告や今後の動き方について、話し合わなければならないはずだ。

居室を見渡すと、野口がソファにポツンと座っていた。ジッポーライターを取り出したのを見て、牧村は立ち上がり灰皿を差し出した。組の下っ端は上が煙草を咥えれば火をつけるし、灰皿も即時差し出す。事務員を兼任している牧村はそれをしろと言われたことはないが、今日はやりたい気がした。

「……悪ィな」

「あ、いえ……煙草、火をつけなくてすみません」

「うん？　……ああ」

しまいかけたジッポーを、野口が再び取り出して見つめた。

「俺にゃあ火の世話はいらねえ。このジッポーで、テメエで点《つ》けるのが気に入ってんだ」

鈍い色に輝くライターは、そういったものに詳しくない牧村が見ても上質の品だとわかった。無骨で飾り気のないデザインが、野口によく似合っている。

「……恰好《かっこ》いいライターですね」

「貰ったんだ。ハタチになった時に、オヤジに」

野口は言って、深く息を吐いた。

火をつけたばかりの煙草を揉み消し、立ち上がる。

「牧村」

「は、はい」

「鯛八木組からは、水面下で手打ちの打診が入ったようだ。向こうはもうこれ以上事を大きくする気がないらしい。あっちが白旗掲げた以上、この件はこれで終わりに向かうだろう。だが、まだ大判組内でも不穏な動きがある」

「……組内に⁉」

牧村を促して歩きながら、野口は応接室に入っていく。

「まだはっきりしたことは言えねえがな、またすぐにドンパチ始まるだろう。お前みたいな前科のねえ新人がいると、鉄砲玉させろって目をつけられかねないから、役職つけるぞ。お前は今日から事務局長補佐だ」

「事務局長補佐……？」

「もともとウチにゃあ事務局長補佐がいたが、当人はム所であと一年は務めだから、その間お前が代理を務めることにする。すぐ上の事務局長は北岡さんで、特に何か変わるわけじゃねえから、細かいことは気にすんな。そもそも今現在事務方取り仕切ってんのはお前だからな、役職としちゃちょうどいいだろ。末席だが、一応幹部って扱いにするから気合入れろ。それと」

野口は重厚な机の引き出しを開け、そこから箱を取り出した。大きさはＡ４用紙より少し小さいくらいだろうか。机に置く時に「ごとっ」と、やけに重たい音がした。

「この『道具』渡しとくからな。身ィ守れよ」

部屋に持ち帰って箱の中身を確認した牧村は、気絶しそうになった。

油紙に包まれた名銃、コルト・ガバメントが、そこには鎮座していたのだ。

（俺の人生、どうなるんだろ……）

第　三　章

牧村、拳銃を所持する。

暴力団において上下関係は厳しく、絶対である。

一部では自衛隊より厳しいと囁《ささや》かれているほどだ。

なので末席とはいえ幹部となった牧村に対し、周囲は態度を一変させた。

たとえば朝、事務所に来た時も――

「「おはようございます！」」

ドアを開けた瞬間、居並ぶ厳つい男たちに頭を下げられる。

「お……おはようございます……」

今日の出迎えは三人だった。総会等で人が多い時は五、六人並んでいることもあるので、それに比べたら少なくてよかったのだが、それにしたって威圧感がすごい。ちなみにここでできるだけ迅速に挨拶を返さないと、彼らは牧村が言葉を発するまで頭を下げたままなので、非常に気まずいことになる。初日に体験済みだ。

「鞄、お預かりします！」

「あ、有難うございます……」

牧村に手を差し出したのは、山本《やまもと》という若い男だ。牧村と同年齢の彼は先週、今川組に移籍してきた人間である。元々は戸山の弟分の組の構成員だったのだが、弟分が足を洗って組を解散させたため、山本は戸山を頼って今川組に入ってきたのだという。粗野な見た目に反して靴磨きが得意な、純朴な男である。

牧村が席につくと、荷物持ちをしてくれた山本は牧村の鞄をデスク横の定位置にひっかけ、一礼して給湯室に去っていく。牧村のためにコーヒーを用意しているのだ。その背から思わず目を逸らす。

（ものすごい気まずい……）

牧村は事務員として今川興業に入社した。そして今川組の構成員になった後も、事務を担当しつつシノギを上げていた。そのため周囲から特例扱いを受けており、暴力団の新人がするような雑用や、上の人間の世話をしたことがない。他の下っ端たちのように、幹部が来る都度玄関に走り直立不動で挨拶ということをしていると、事務仕事が滞ってしまうためである。他の雑用に関しても同じで、牧村は事務と自分のシノギ以外はしなくていいという特例措置を受けている。この配慮は正直ありがたかった。というのも、通常の下っ端組員の生活が、あまりに過酷だからである。

山本のような何も役職のない組員を、若衆あるいは若中《わかなか》と呼ぶ。彼らは交代で監視カメラのモニターを見張り、訪問者があれば確認し、来たのが一般組員なら玄関を解錠、幹部ならダッシュで玄関に整列して挨拶をする。不審者がいれば外に出て行って、何者かをチェックした上で追い払う。最近はユーチューバーたちが面白がって組の周辺をうろついていたりもするので、必要に応じて外に出て盗撮されないよう警戒する。来客があるとわかっている時には、事前に事務所の前に待機し、訪問客の車を誘導。空いた時間には幹部の靴の泥を落とし、事務所を清掃し、幹部の車も磨き上げる。誰かが煙草を吸おうとしたら灰皿を即時用意し、ライターで火をつけ――というのが、今川組でのごく普通の若衆の仕事らしい。

組に部屋住みがいれば、大半が部屋住みの担当なので楽なのだそうだが、現在今川組には部屋住みがいない。それに部屋住みがいたとしても、雑務を教えるのは先輩である若衆の役目なのでそれはそれで負担が大きい。もし掃除が行き届いていないとか靴の磨き方が悪いなどということがあると、部屋住みと先輩組員の両方が叱られる。この「叱る」は「怒鳴る」「殴る」のセットが基本らしい。怖い。

なのでそういった一連の下働きを経験しないまま、するっと幹部になったのはよかったのだが、逆に今度はそれが気まずい。同世代の山本を見ていると「俺、ああいう苦労してないしなあ……」と妙な罪悪感が湧いてくるのだ。

「どうぞ！　ミルクコーヒーです！」

「どうも……」

事務デスクの端に置かれたコーヒーに、軽くため息が漏れた。粗相があったと思ったのか、山本ははっと顔を上げる。

「すみません、何かありましたか⁉」

「いや、その……、山本さんも大変だなと思って……暴力団って、下の人は色々大変じゃないですか。特にウチの組は、厳しいみたいだし……」

今川組の教育が厳しいというのは北岡談である。曰《いわ》く「街の荒くれ者を引き取って、いっぱしの人間にするための教育だから、厳しくて当たり前だ。他の組はウチのオヤジのやり方見て、組員の育て方学んだもんだよ」

（にしても、程があるよなぁ……）

花瓶の向きが一センチずれているとか、廊下に小さな埃が落ちていたとか、そんなことで怒鳴られている姿は見ていて心が痛い。そもそも牧村は、大声が苦手なのだ。

「……皆、そんな怒らなくてもって思うんですけど、俺みたいなのが口を挟んだら、逆に説教長引かせちゃいそうで、止められなくて……見てるだけですみません。山本さんは大丈夫ですか？」

「……え」

一瞬、面食らった顔をした山本だったが、すぐにくしゃっと笑った。

「とんでもないです！　名門の今川組に入れただけで光栄ですから、大丈夫です！　むしろこんな不出来な人間なのに、組員として扱っていただけてほんと嬉しいんで！」

「そ、そう……なんだ？」

「それに、牧村さんのシノギを近くで見させてもらって勉強になります！　入ってすぐに実力が発揮されてて、尊敬してます‼　お気遣いありがとうございました！」

心底嬉しそうに、若干はにかんで笑った山本に牧村は言葉が返せなかった。ビシッと一礼して去っていく姿は、どこか浮かれているようにも見える。

（……え、今川組って、名門なの？　ヤクザって名門とかあるの？）

——結論から言うと、あった。

気になった牧村は、あれからたびたび話すことになった末次に、話を聞いたのだ。

「うちは代表とオヤジが、古い付き合いなんだ」

末次は口数の少ない男で、シンプルに言えば「陰キャ」の部類に入ると思う。硬派なヤクザというわけではなく、平たい意味での陰キャである。通りすがりに見えてしまったスマホのロック画面は、某アイドルアニメの美少女キャラクターだった。噂では自宅が二次元キャラだらけで、牧村にはよくわからないが、一般人の友人と遠征？　にもしょっちゅう出かけているらしい。現役ヤクザで二次元アイドル好きで人付き合いを避ける割にカタギのヲタ友がいるという、彼を主人公にして一本物語ができそうな人物でもある。だが末次がそういう人間だとわかって以来、牧村は随分と話しやすくなった。三次元に興味がないというだけの男なら、無口でもあまり怖くはない。

「代表って、大判組のトップ……ですよね？」

「大判組の主要な組は、治慢《じまん》組、今川組、二重《にじゅう》組、御焼《おんやき》組、界転組。この五つが、大判組の地盤を支えてるっつっても過言じゃない」

末次とはたまにうまく会話が嚙《か》み合わないが、黙って聞いていると最終的にはこちらの聞きたいことに答えてくれているので、単に話の組み立てが下手な人物なのだろう。末次が牧村に限らず、あまり人と関わりたがらない理由も、恐らくはそれだと推察できた。

「その中で三役、若頭と舎弟頭と本部長って役職が重要なんだが、舎弟頭をウチのオヤジがやってるんだよ。大判組の組長、俺らが代表って呼んでる御方の、一番最初の弟分だからな。一番最初ってのは、まだ代表とオヤジが二十代の頃のことだ。今から四十年は前じゃねえか」

「四十年前……」

四十年前の暴力団というと、どんな感じなんだろう？　やっぱり、街中で刺青を見せびらかして歩いたり、「お命頂戴します！」とか言ってカチコミかけたり？　――って、後半の方はついこの間、今川組長がやったばかりだ。

「……若頭っていうのは、組長のすぐ下の人ですよね？　本部長もそんな感じで、若頭と一緒に組の運営を取り仕切る立場で……じゃあ、舎弟頭って何をするんですか？　というか、そんなに重要な役職なんですか」

「組長、つまりオヤジの後を継ぐのは、子分だろ」

「……そう……ですね」

「組長から親子盃交わした子分は、競い合って跡継ぎになる。跡継ぎ候補が若頭って役職だ。だが舎弟ってのは組長の弟分で子じゃねえから、後継者争いからは退くし、組の中の出世コースにも縁がなくなる。で、その舎弟たちを取りまとめるのが、舎弟頭ってことだな」

「……ん？　それって……」

閑職なんじゃ、と言いかけて牧村は言葉を呑んだ。組長を下げるようなことを言うのは危険だ。殴られるだけで済まない可能性もある。

「舎弟頭は、顧問とか理事とかそういうポジションに近い。組長と同格とまではいかないが、若頭や本部長に意見できるのは叔父貴《おじき》だからだ」

「叔父貴？」

「子分たちからすりゃあ、組長の兄弟分は一世代上の人で、叔父にあたるだろ。だから相当な目上なんだよ」

「……ああ、なんとなくわかりました。舎弟頭って、名誉職なんですね」

「その通り」

話が伝わって満足したのか、末次は大きく頷いた。

「その舎弟頭の組だから、他の組より敷居が高い。組員になるにも部屋住みになるにも、三次団体の組長格以上の推薦人が必要だし、前科前歴を調べられる。このご時世、ヤクザは人気がなくてなり手がねえのも事実だが、誰でも組員にするほど、ウチの組は緩くないんだ」

「……えっ、でも俺、事務員から組員にするっとなっちゃいましたけど……」

テレビを見ていた末次が、くるっと牧村の方を向いた。

「オヤジの直々の声かけで入ったから、お前は一目置かれてるんだろ」

山本や他の若衆たちが、牧村に妙に丁寧な理由が判明した瞬間である。

（つあーー!?　そういう感じ!?）

「しかもお前は、その歳で結構なシノギあげて、組に貢献してるしな。尊敬されて当然だと思うぞ。俺も尊敬してる」

「えっ」

「偉いな、お前」

どうリアクションを取ったものかわからず、ごにょごにょとお礼を言って牧村は席に戻った。何かが、何かがおかしい。自分はニートだったし、今もまだニートだと思っているし、とっとと組を抜けて、できることなら子ども部屋に戻りたい。なのになんだか、話が変な方向に転がりすぎている。

大体、鯛八木組との抗争はどうなったんだろうか。野口は手打ちの打診があったとは言っていたが、それ以上のことは聞いていない。実は牧村は今川組長の逮捕以降、ほとんど野口や戸山、北岡らと話す機会がなかった。組長代行の野口や他の幹部らは未だ対応に追われているのだ。これは組関係だけではなく、事件を掘り下げたがるフリーのルポライターや、警察とのやりとりもあった。

牧村は事件後に役職を割り当てられただけの新人ということでほとんど影響は受けなかったが、幹部たちはそれぞれが警察からかなり厳しい取り調べを受けたらしい。また事務所にも捜査の手が入った。家宅捜索が来たのは牧村の不在時、早朝だったので現場を直接見てはいないのだが、その後のごたごたはもう思い出したくもない。大型の家具以外の一切合切、パソコンや書類その他の品を押収されてスッカラカン状態になった事務所を見た時は衝撃だったし、押収品が帰ってきた時はもっと衝撃だった。警察は後片付けをしてくれないのだ。

（いや、今考えりゃ当然なんだけどさ……でも、あれはないよなあ……）

元通りにするのは、滅茶苦茶きつかった。若衆だけではとても手が足りず、幹部も総出で三日を要した。なぜここまで時間がかかったかというと、今川組事務所は一階部分以外にも三階がほぼ倉庫になっているのだが、そこの物品も押収されたからである。ちなみに三階の倉庫の中身はほぼ全部防災用品だ。大判組の主要な組の事務所はどこも防災用品を大量に備蓄していて、有事の際には一般市民にボランティアで放出している。これは昔の暴力団が自警団としての側面を持っていたからで、今川組はその流れを今も引き継いでいるのだ。

警察もそれは把握しているようだが、組長が凶悪な殺人事件を起こした組の倉庫を「ここはいいです」と放置するわけにもいかないのだろう。きちんと端から端まで押収していったが、膨大な量の防災用品をチェックする側も相当な苦労だったと思われる。明確な理由はわからないが、いくつかの非常用食料には「賞味期限切れ」と付箋が貼られていたことから察するに、賞味期限がおかしなものは、不審物としてより丁寧にチェックしたのかもしれない。それとも単に「賞味期限が切れてるから買い替えた方がいいよ」というメッセージなのか。とにかく警察も大変である。

牧村のデスクトップパソコンも押収されたのだが、牧村が作った出会い系アプリのデータは気付かれずに済んだ。というのも、以前から危ない情報は事務所に残すなと野口から忠告されていたのと、自宅でも作業ができるようにメインデータはノートパソコンに移して持ち歩いていたのが功を奏したのだ。そのため事務所のパソコンの中には事務関係のデータしかなく、警察も牧村をその名の通り、事務局長の補佐をする事務要員だと踏んだようで、特に目をつけられた感じはなかった。それに今回は今川組長が大事件を起こしているので、その捜査の手を分散させないため、多少引っかかることがあっても目を瞑《つぶ》ったのかもしれない。危うい所で難を逃れた牧村だったが、また同じことがあっては堪《たま》らないと、情報の隠蔽の仕方を必死に調べるハメになってしまった。

そんなこんなで誰も彼もが忙しく、総会も一時的に中止になっているし、事務所に詰めているのは若衆だけ。誰に何を聞けば状況が把握できるのか、まったくわからない。鯛八木組との抗争が手打ち、すなわち完全終結になったのならいいのだが、まだその連絡がないのだ。

「……やっぱ、これで終わりだろ。向こうからのカエシもねえしよ」

「全然動かねえんだから、もうやる気ないんだろうな」

給湯室の前を通りかかると、小声で話している山本と別の若手組員の会話が聞こえてきた。

(カエシ？ ……あっ、仕返しのことか)

カエシとは報復を指し、組が襲撃されたら襲撃し返すのが暴力団の鉄則だと聞いている。これができない組は、腰抜け扱いされてしまう。

「組長殺っちまったんだから、相当なのが来るって思ってたのにな。なんもねえんだから拍子抜けしたわ」

「もっとやれって騒いでたの、その組長だろ。鯛八木組の中でも相当ウザがられてたみてぇじゃねえか。上は手打ちの方向で動いてるらしいし、あとは立ち合いとか仲介とか、日取りだけの問題だろ」

「でも、ほんとにこれで終わるか？　鯛八木の下は、大人しくなんのかよ」

「まぁ、鶯《うぐいす》会とかなぁ……あそこ、空気読まねえから。でもよ、そもそも曼十《まんじゅう》会の幹部がやられてウチのオヤジがカエシに行ったわけだし、お互いこのあたりが引き際だろ」

「……曼十会って、大判組の顧問だか理事だかの組だよな？　なんでそこに手ぇ出しやがったかな。ンなことすりゃあ、こっちも後に退《ひ》けねえってわかりそうなもんなのによ」

（えーと……つまり……？）

牧村は脳内で順番を追った。

1・新興勢力の鯛八木組が、大判組のシマを狙って喧嘩を仕掛ける。

2・しばらくやり合うも、鯛八木組は資金が尽きかけて抗争が沈静化。

3・ところが鯛八木組が過激派組長に代替わりし、強引に抗争再燃。

4・大判組の顧問である曼十会の幹部が、鯛八木組により加害される（殺害？）。

5・組内の無言の圧力により、「懐刀」である今川組が鉄砲玉を出さなければならなくなる。

6・今川組長は若い者に服役をさせられないと、自分が鯛八木組の過激派組長を射殺。

7・実はその過激派組長も、鯛八木組内で疎ましがられていたため、手打ちで抗争終結へ。

（で、現在その「手打ち」とやらの準備中ってことか……でも、手打ちって何するんだろう？

うとか……？）
和平条約みたいなの結ぶってこと？　それともどっちからどっちかにお詫びして、賠償金払
恐らくはそうなのだと思うが、牧村は抗争の通例を知らないためにそれが正解かわからな
かった。教育のための下積み期間がなかった弊害である。とにかく今後手打ちになり、抗争
が終結したとしても、組長が逮捕されてしまった今川組はどうなるのだろう？
「ウチもどうすんのかなぁ……」
牧村の考えを読み取ったかのように、若手組員がぼそっと呟いた。牧村は再び耳をそばだ
てる。
「オヤジが戻って来れねえ以上、若頭が後継ぐのか？」
「まだそうと決まったわけじゃねえだろ！　そりゃ、何年か務めることにはなるだろうが
……」
「デケェ声出すな、山本。……けどよ、懲役ロングは確定だろ。となると、その間は運営体
制が変わるんじゃねえの。牧村さんだってそれで幹部になったんだろうし」
（えっ、俺⁉）
突然自分の名前を出され、牧村は声を上げそうになった。
「牧村さんはすげぇよなあ、あの若さで上に認められてよ」

「な、スゲーよな！　それに優しいんだ、俺らに気ィ遣ってくれて」

「え、マジ？　俺ほとんど喋ったことねえから、わかんねえけど」

「他の幹部より、全然とっつきやすい人だよ。さっきも組の雑用キツくねぇかって声かけてくれたんだ。それによ、コーヒー持ってくと、必ず礼言ってくれんだぜ」

「は？　そういう人なん!?　無口だから怖え人かと思ってたよ」

「俺も俺も！　あんま無駄口叩かねえからなぁ。幹部連中とは話してるとこ見るけど、でもそういう時でも本人はあんま喋ってないんだよ。相手の話聞いてばっかりでさ」

「自分のこと話したがる人が多いのに、珍しいよな。牧村さんの話、聞いてみてえなぁ……」

「だよなあ……なんでいきなり今川組に入って、オヤジから直接声かけられるまでになったか、気になるよなあ……」

　ひえ、と牧村は内心で悲鳴を上げた。

(なんでってって、うっかり間違って入っただけだし！　断れずにうっかり盃貰っちゃっただけだし！　自分から話しかけないのも、組員さんたちが怖いからですし!?)

　とはいえ彼らは牧村に幻想を抱いているために近寄って来ないらしいので、その誤解は放置しておこうと決めた。幹部は見た目がちょっと厳ついだけの普通の人が多く、若衆の中でも山本はまだとっつきやすい所があるのだが、他の組員はチンピラっぽさが半端ない。ガタイも良いし目つきも悪いし、威圧感がすごいのだ。いくらこちらに対して悪意がないとわかっていても、お近づきになりたくなかった。

(人間って、自分の都合の良いように解釈する生き物なんだなあ……)

それは何も山本たちに始まったことではない。牧村が今川組に入って以来、組員たちは牧村の行動を善意に解釈し続けている。わざとそうして盛り上げて、逃げられないように追いつめているという可能性もゼロではないが、それだけとも思えない。牧村が今川から盃を貰った時の幹部一同の嬉しそうな顔は、今も目に焼き付いている。本当に彼らは、牧村を頼りにし、同じ仲間になったことを喜んでくれているのだ。

(大事にされてんだよなあ……でもなー、ここ、暴力団だし……)

こっそりと自分の席に戻って、牧村は仕事を再開した。運営しているアプリは順調に収益が出ている。予測値より少しプラスになっているので、余力のある今のうちにインターフェイスなどを刷新してもいいかもしれない。そしてできればシステムを簡略化して、誰かに運営を任せてしまいたい。そうやって少しずつ自分がいなくてもなんとかなる土壌を作り、すっと引退して一般人に戻りたい。こんなことを考えていると牧村に仲間意識を持ってくれている組員たちには罪悪感が湧く上、一般人に戻ったとしてもその後の人生には不安しかないが、とにかく組員を辞める手段は模索し続けたい。

（でも……人材、いねー……）

牧村はちらっと事務所内を見回した。

仕事を渡すとしたら、幹部は無理だと思う。立場的にも牧村から仕事を貰うというのは受け付けないだろうし、そもそも誰一人としてＩＴの方面に明るくない。組によってはネットを駆使した詐欺や犯罪行為で莫大《ばくだい》なシノギを上げているところもあるようだが、今川にはそういうことができる人材がいないのだ。

（いや、でも……若い人なら……）

と思った時にちょうど山本がコーヒーのお代わりを聞きに来た。さきほど盗み聞きした会話から、山本が牧村に多少なりとも好意的なのがわかったので、牧村は山本に話を振ってみることにした。

「山本さんて、パソコンとか苦手ですか？」

「えっ？」

「もし興味あるなら、俺の仕事、手伝ってもらえたらって思ったんですが……」

「えっ、お、俺がですか⁉」

「……難しいですかね……？」

「いっ、いえっ、嬉しいです！　で、でも、あのー……」

興奮と戸惑い、両方の色を浮かべ、山本は口ごもった。

「……そ、その、俺……ちょっと、ダメで」

「ダメ？」

「あの……俺、数字が苦手なんです。どうやっても、ルールが頭に入んなくて」

「ルール？」

（数字のルールってなんだ？　書き順とか？）

牧村は首を傾げた。

（方程式……とかの話じゃないよな。そんなの俺の仕事に関係ないし）

山本はちらちらと牧村のパソコン画面を見ている。そこには先月のアプリの売り上げや稼働状況が表示されているのだが……。

「俺、数を数えるとかはいけるんですけど、たとえば一と三でどっちが大きいかとか、そういうのが咄嗟《とっさ》にわかんないんです。だから牧村さんが扱われてるような表とか、模様みたいにしか見えなくて……」

「……え⁉　じゃ、じゃあ、たとえば……えーと、ボールペン二本と十本のセットがあっても、多い方がわからないんですか？」

「そういうのは大丈夫です、物を実際に見りゃあ判断できるんです。言葉で言われてもわかります。だけど書いてある数字だと厳しくて……伝わりますか」

「数字を識字できない……ってこと……ですか？　いや、識字とは違うのか……数字の概念はあるけど、書かれてるとわからない……？」

「や、そんな難しく考えないでください！　ただ俺が馬鹿なだけなんで！　そんな感じで、あり得ねえくらいアタマ悪いんで、俺は昔からどこ行ってもポンコツって言われてました」

（ポンコツって……）

背中がぞわっとした。

（いや違うだろ!?　それって発達障害とかじゃないの!?　そしてそれを、周りの人間に見過ごされてきたってことじゃ……）

「数字わかんねえから高校も中退したし、仕事も全然ダメで、行き場がなかったところを組に拾ってもらったんです。そんなんで、俺はお役に立てないと思います。せっかく見込んでくださったのに、本当に申し訳ありません！」

「あっ、いや……こ、こちらこそ……」

「他のことなら何でもしますんで、使ってやってください！　あと、俺のことは普通に呼び捨てにしてください！　目下なんで！」

笑って立ち去る山本に、牧村は何か声をかけようとした。しかし言葉が見つからず、結局口を噤《つぐ》むしかなかった。

――その日、帰宅した牧村は、スーツを脱いでそのままベッドに身を投げ出した。

疲れた。

何が、というわけではないが、疲れた。

「……暴力団、かぁ……」

組に入るまでは、漠然と「悪い人たちの集団」だと思っていた。みんな怖い顔で怖い相談をして、代紋や刺青でカタギを脅し、罪もない人たちから何でもかんでも奪い取る。そして豪華で派手な事務所の机の上には現金やら金塊やら銃を積み上げ、ちょっとエッチな恰好《かっこう》をした女性を侍《はべ》らせて高そうな葉巻を吸うのだ。いやこれはマフィアのイメージかもしれないが。

しかし実際のところはどうだったかというと……確かに暴力団は、悪いことをしている。彼らの組織犯罪は多種多様な上に悪質で、被害者も多い。しかし、それでも……。

(……末次さんや山本さんは、多分、他ではやってけなかった人たちなんだよな)

コミュニケーション力に難のある末次や、数字の認識が難しい山本は、然《しか》るべき場所で診てもらえば、恐らく何らかの診断名がつく。早くに親や周囲の大人がそのことに気づいて、適切な教育や対応をしていれば一般社会でやっていけたかもしれない。だがそうはならずに、彼らは暴力団に入った。

「……昔の暴力団は、街のはぐれ者の受け皿だったって、野口さんが言ってたな……」

その昔も今も、実情はあまり、変わっていないのかもしれない。

そして結局、暴力団のメインの活動はというと――。

牧村は起き上がり、ベッド下収納の引き出しを外した。引き出しの奥は空洞になっているのだが、そこから小箱を引っ張り出す。蓋を開けると野口から受け取った拳銃が、油紙に包まれて鎮座していた。

「……ちゃんとあった」

無くなるはずもないし、無くなっていれば大騒ぎなのだが、そこにあるのかどうかを一日数度は確認しないと落ち着かないのだ。起床時、出勤前、帰宅時、寝る前。自分でも埋めた骨を掘り返す犬のようだと思うが、どうしようもない。野口はコルト・ガバメントという名前の拳銃だと言っていたが、牧村には銃の種類などよくわからなかった。飾り気がなく、シンプルな重たい銃だ。

箱からそっと取り出し、片手で構えてみる。警察官が持ち歩いている拳銃より一回り大きいような気がするのだが、実際どうなんだろう。

「安全装置がここで、マガジンの引き出し方はこうで……」

ネットで調べた銃の扱い方を、牧村は何度も反芻《はんすう》する。受け取った直後は野口に返そうと思ったのだが、この銃は抗争に参加するためのものではなく、身を守るための物だといわれ、返すことができなくなってしまった。牧村は名ばかりではあるが幹部であることに間違いはないので、可能性は低いが狙われるかもしれないし、オートロックのマンションとはいえ敵に押し入られるかもしれない。そうなった時に護衛ゼロで徒手空拳ではただ黙って殺されるしかない。だから銃くらい持っていろと言われ、牧村は反論できなかった。

（構え方は、これで合ってんのかな。……ガバメントは重いけど反動が弱いとか、装弾数は少ないけどストッピングパワーが強いとか、そんなこと言われたっけ）

ストッピングパワーとは直訳すれば停止力となり、一発の弾丸で相手をどの程度行動不能にできるかという意味合いの指標である。明確な基準があるわけではないので概念的なものになるが、基本的には口径が大きく弾速が早い方が、被弾した時の身体損壊率が高い。これは当然、被弾箇所がどこかにもよるのだが、とにかく牧村が渡されたガバメントはそういう銃だった。サイズも威力も小さい護身用の銃ではなく、複数人に襲われても生き延びるための、迎え撃つための銃だ。

そのガバメントを見るたび、今いる世界の現実味が薄れていく気がする。

（この間まで普通にニートしてたのに、なんで俺いま、拳銃なんか構えてんだろ……）

襲ったり襲われたり、殺したり殺されたりなんて、映画の中だけの話だと思っていたのに、暴力団ではそれがごく当たり前のことで、トラブルの解決手段なのだ。欲しいものは腕づくで奪い、対立すれば武力でカタをつける。だからこその暴力団で、誰も彼もそれを当然のこととして受け入れている。そして暴力団の起こす抗争でカタギは震えあがり、暴力団という存在の恐ろしさを噛み締める。

恐怖で社会に君臨する暴力団にとって、抗争は重要な「仕事」なのである。

（俺は、そんな所にはいられない……）

やはり一刻も早く、暴力団を辞めなければ。


光明は、突然射し込んできた。

「今日からよろしくお願いします！　小塚《こづか》です！」

牧村と同じようにフロント企業に騙されて、新人が入ってきたのだ。

茶髪にラフなスーツ姿の小塚という青年は若干小生意気そうな雰囲気で、牧村にも「ちーっす！」などと挨拶をしてきたが、それでも牧村は大歓迎だった。

（もしコイツが使えるヤツだったら、俺が抜けても問題なくなるんじゃ……！）

小塚は度胸があるのか考え無しなのか、ある種の圧がある事務所の空気にも、まったく物怖《もの お》じした様子がない。組員たちの刺青も見えているだろうに無反応だった。

「小塚は情報処理の専門学校を出てるらしいから、牧村、お前ならうまく使えるだろう。事務仕事は小塚に引き渡して、お前は自分のシノギに集中しろ。いざって時のために、できれば小塚にシノギも手伝わせろ」

昼食時に野口に言われた牧村は、目を見開いた。最高の渡りに船である。

「ありがとうございます……！　ものすごく嬉しいです!!」

「……そんなに事務とシノギの平行、きつかったのか。悪ィな、中々採用できなくてよ」

「いえ！　大丈夫です！　本当にありがとうございます……！」

事務仕事とアプリ運営、両方任せられるなんてこんな嬉しいことはない。このままうまく小塚に仕事を押し付け、もとい自分から小塚にスライドさせていけば、組の中での存在感を消せる。牧村は野口作のオムライスを食べながら泣きそうになった。ちなみに小塚は、パソコンのセットアップが終わらないとかで、昼食は後でとるらしい。

「それに久しぶりの野口さんのご飯、美味しいです……！」

「最近、事務所にいなかったからな。でもメシはあったろ」

「ありました。作り置き助かりました！　でも出来立ては格別です！」

野口が今川の起こした事件の関係で忙しく立ち回っている間、当然だが食事の用意はなかった。とはいえ冷蔵庫に作り置きが補充されていたし、持ち帰り自由なレトルト食品も大量にあったので、牧村は有難くそれを利用させてもらっていた。

「オムライス、かかってるソースってケチャップじゃないんですね」

「いや、ケチャップだ。ただ赤ワイン入れてる」

「赤ワイン？」

「ケチャップだけだと味が尖《とが》るんだよ。だからケチャップに赤ワインちょっと足したやつをかけてんだ。ワインはフライパンで沸騰させて、アルコール飛ばしてな」

「へー！　それでこんな、深みのある味になるんですね。すごい美味しいです」

「砂糖を少しとバター少し入れてもうまいぞ。コクが出る」

「それも美味しそうです！　でも……あの……前から気になってたこと、聞いてもいいですか？」

「なんだ？」

「……なんで若頭の野口さんが、カレーとかオムライスとか、皆の分のご飯作ってるんですか……？」

野口は「は？」という顔をした。

「何言ってんだよ、カレーは大きい鍋で手作りするからうまいんだぞ」

「……いやそういうことじゃなくて、その、なんでご飯のお世話してるのかなって……料理が好きなのはわかるんですけど」

「別に好きじゃねえ」

それは嘘でしょ、と牧村は内心で突っこんだ。

「暴力団てなぁ、食い詰めたヤツが入ることが多いからよ。上の人間は下の人間の腹をいっぱいにすんのが義務みてぇなとこがある。だから昔気質の組じゃあカップ麺だの菓子パンだの、すぐ食えるもん常備してんだよ。俺も若ぇ頃の金がなくて困ってた時期、事務所行きゃなんか食わしてくれたもんだ。帰る時も、オヤジが色々詰めて持たせてくれてな」

「……ああ、そっか。組長が父親のポジションで、あとは子分たちの中で、兄貴分、弟分って形になるから」

「その通り。盃で繋がった疑似家族だからな。父親が子どもを食わせるのは、当然って考え方だ」

「それでこの事務所、こんなに色々食料が置いてあるんですね」

「今時こんなことやってる組、あるかは知らねえけどな。昔からの習慣だから、なんか置いとかねえと落ち着かねえんだ」

「ありがたいです。作り置きとか、家で食べても美味しくて」

（……にしても、やっぱり野口さんがわざわざ作る理由は、よくわかんないけど）

そのあたりを追求しても、明確な理由が返ってきそうにないので牧村は黙った。とにかく今は腹を満たして、午後から始まる小塚の新人教育を頑張らなければ。

「じゃあ、小塚くん。よろしくお願いします」

「よろしくお願いしまーす！」

小塚は元気よく返事をし、牧村の隣でパソコンに向き直った。どこでも好きな席を使っていいと牧村は言ったのだが、隣を選ぶ辺り人懐っこい気質なのかもしれない。

「事務員の仕事は難しくないけど、この先、俺のアプリの運営も手伝ってほしくて。ゲーム的なプログラムってやったことある？」

「やりましたねー、超簡単なヤツですけど、アクションゲーム作ったことあります」

「え、ほんとに？」

「マジっすよ。見ます？」

軽いノリで、小塚はポケットからスマホを取り出した。

「クラゲームっていって、クラゲで人間痺《しび》れさせてくゲームで」

「ええと……落ちモノ系？」

「ってことになるんすかね？　やってみてくださいよ」

「あ、うん……」

「俺がプレイした最高得点が四千三百点なんで！　それ超えたらスゲーっすよ！」

予想以上にフレンドリーな小塚に若干押されつつ、話すこと小一時間。概ね小塚のスキルが分かってきた。

（……これは、結構有能かもしれない……）

期待できる。いける。

そう思った牧村だったが、その期待はあっさり裏切られた。

事務員としての仕事を教え、小塚に任せることにした翌日。

「あーくっそ、レア出ねえじゃん！」

いきなり仕事中に、スマホゲームを始めたのだ。

「あ、あのさぁ……今、仕事中だから……ゲームはちょっと」

牧村が咎めると、ええ？　と小塚は不満げな顔をした。

「だって今、やることないんすよ。手ぇ空いちまって」

「……そういう時は、声かけてくれたらなんか指示するから」

「えー」

「いや、えーじゃなくて」

納得したのかしていないのか、小学生のような顔でぶー垂れた小塚は、午後は午後でやらかした。机に突っ伏して昼寝をし始めたのである。しかも、野口の目の前で。

(小塚ぁぁぁぁああ!!　それはマズイだろー!!)

そんなこんなで、毎日小塚の非常識と格闘する日々が続いた。

小塚は事務員としてはそこそこ使えるし、牧村の出会い系ゲームアプリもすぐに管理の仕方を理解したが、それ以外があまりにも壊滅的だった。先輩として何度かマイルドに注意をしたのだが、小塚はどこ吹く風だ。都度「すんません」と謝罪するものの、翌日になればまた同じことの繰り返しで、牧村のストレスはマッハで蓄積された。

(これは、使える使えない以前の問題だ……すぐクビになるんじゃないか？)

そう思ったが、意外なことに誰も小塚を叱らなかった。皆不満を抱えてはいるようなのに、敢えて何か言おうという者はいないのだ。野口でさえ爆睡している小塚にため息をつきはするものの、見て見ぬふりで通り過ぎていく。

(なんでだ……？)

と首を傾げた牧村だったが、かつて中村と交わした会話を思い出してはっとした。

『立場的に、警察はちょっとな。それに痛くもねえ腹探られたかねえし』

牧村の前任者の事務員は、パソコンを持ち逃げして消えたが、組は訴えることができなかった。そこまでされても黙っているしかなかった。暴力団がカタギを警察に通報など、しないしできないのだ。

暴対法により組員は厳しく行動を制限されるようになり、カタギに少し声を荒げただけでも脅迫や恫喝《どうかつ》と取られて逮捕されかねない。ごく普通の会社でも、小塚の態度だったら怒られて当然だと思うのだが、ここが暴力団であるがゆえに叱ることもできない。なんとも世知辛い話である。

とはいえ前述のパソコン窃盗犯レベルになると、場合によっては追いつめてそれなりの報復をしたのだろうが、パソコン一台でそこまでするのは割りが合わないのだろう。報復後相手が生きていれば警察に訴えるかもしれないし、殺害するというのはいくらなんでも……というところか。何にせよ、暴力団にとって息苦しい世の中だ。

(おまけに、人手不足だしなぁ……野口さんの感じじゃ、前から採用しようとしてくれてたのに、応募がなかったみたいだし……)

——組員になったこの数か月で実感したのだが、事務員も構成員も、予想以上になり手が少ない。実際、暴力団は減少の一途を辿っている。

具体的な数字として最盛期の一九六三年には十八万人余りだった暴力団構成員数は、

二〇二二年末には二万二千人台にまで急減した。これは暴対法の改正や暴排条例の施行、社会全体の反社会的組織排除の気運の高まりなどの影響が大きいが、単純に少子化という問題もありそうだと牧村は思っている。二、三十年前までは街の不良や暴走族が暴力団に入るというのが既定路線だったが、不良や暴走族それ自体の数が激減しているのだ。極稀に暴力団そのものに憧れを抱いて入ってくるカタギもいるし、半グレの中には盃を貰って組員になるものも、いることはいる。だがどちらも少数であり、暴力団は構成員の数を減らす一方だ。

上納金システムがある以上、組は構成員が減ると金が集まらず困窮するが、問題はそれだけではない。人がいないと物理的に事務所の管理が難しくなり、運営ができないのだ。そのため暴力団はフロント企業で騙して人材を確保するという手段に出た。それに引っかかったのが、牧村や小塚だ。

そこまで苦労して確保した事務員なので、ヤクザの事務所であると気づかれて辞められると困るし、強引に引き止めると警察に捕まる。なので牧村も最初から腫れ物に触るように優しくしてもらったわけだが、それを知った牧村はこう思った。

(俺、頑張りすぎた……！)

ヤクザの事務所だ！　怖い！　……と、無意味に怯え、結果を出さなければ殺されるか、そうでなくとも指を詰められるくらいに思い込んだが、結果を出してしまったがゆえに抜けられなくなってしまった。周りにしてみれば、「なんでコイツ、暴力団ってわかってんのに辞めないいんだろう？」「なんでこんなに俺らに色々してくれんだろう？」と不思議だったに違いない。特に後者、事務所の情報機器関連事情を改善し、パソコン教室まで開いてしまった。皆が牧村に好意的になるのも当然の流れである。

（失敗した。マジで色々間違った。即辞めて子ども部屋に戻ればよかった……）

今となっては、子ども部屋があまりにも遠い。

だからといって落ち込んでもいられないので、牧村は前から下準備をしていた新たなシノギを始めることにした。それは闇カジノとオンラインカジノの運営である。栄枯盛衰の激しいアプリだけでは組の資金としては不安定なので、そちらにも手を出すことにしたのだ。

そうは言っても、一からカジノ店舗を構えたわけではない。元々組で持っていた賭場の集客が落ち、使い道がなくなっていた所を、組長代行である野口から預かる形で引き取ったのだ。なので運営者は牧村だが、名目としては組のカジノである。カジノの運営方法自体は幹部たちが教えてくれたので、出会い系アプリで儲けた金を突っ込んで、古びた雀荘《じゃんそう》のような昭和の香り漂う店内を一新、外国風の高級感溢れる内装に変え、休憩所やお洒落《しゃれ》なバーも併設した。

また同時にオンラインカジノ、すなわちネット上のカジノも開設した。ネットを利用するカジノについては、インターネットカジノとオンラインカジノの二つがあり、両者は混同されがちだが全く違う意味合いである。インターネットカジノは店舗でインターネットを利用したカジノをプレイすることをいい、闇カジノと同義である。オンラインカジノは店舗を持たず、利用者各自のネット環境のみでのプレイとなる。

そのオンラインカジノを今川組が懇意にしている夜の店、特に高級志向の店で嬢から客に勧めてもらい、客がハマり始めたところで会員制にした闇カジノに嬢とともに招待した。実際の店舗で遊ぶとなると、その場の空気に流され莫大な金を賭けてしまうので、こちらの儲けも大きいし、客は勝った時の店の盛り上がり、興奮が癖になってやめられなくなる。この方式で、悪い遊びに興味のある富裕層を呼び込むことに成功した。

これをするにあたり、相当な下準備と法律の知識が必要だった。闇カジノは「闇」というだけあり、完全に違法なのだ。そもそも日本では、競馬や競輪などの公営ギャンブル以外はすべて違法である。現金を賭けて勝負することは一切認められていない。では一般人に一番身近なギャンブル、パチンコはなぜ営業許可が出ているかというと、三店方式という方式で法の目を掻《か》い潜《くぐ》っている。パチンコ店で客は出玉を何らかの景品と交換し、景品交換所で景品を換金するわけだが、これはたまたま手に入れた景品を、たまたまそこにあった古物商に売って現金を手にいれたという建前だ。

そしてオンラインカジノも闇カジノと同じく、違法な存在である。ネット上でも現実世界でも前述した公営ギャンブルや営業許可のある店以外、賭け事そのものが日本では罪となり、主催者は賭博開帳図利罪に問われて三か月以上五年以下の懲役となる。また実際に現金を賭けた客は単純賭博罪で五十万円以下の罰金か科料、常習的だった場合は常習賭博罪で三年以下の懲役となる。しかしこれら賭博に関する罪は、国外犯への規定はない。となると、カジノが合法の国のオンラインカジノに日本から接続してプレイした場合はどうなるか？

日本国内から接続している以上、違法である。だが有罪となったケースは少ない。

実際に利用者が摘発され、略式罰金、あるいは不起訴になった例はある。これは英国に拠点があるオンラインカジノを利用したケースだったが、日本人がディーラーを務め、日本語でプレイできたこと、時差があるにもかかわらず日本人が接続しやすい時間に開催されていたことなどにより、海外に拠点があっても実態は日本国内にあったと判断されたのだ。逆を言えば、それさえなければ当時は摘発が難しかったと考えられる。

これはもちろん法整備が追い付いていないというだけであり、将来的には明確な線引きがなされるだろうが、現時点ではまだ緩みがある。そのため牧村は海外のオンラインカジノを買い取って少し手を入れ、なんとなく日本人が利用しやすいな、と感じる程度に改造した。闇カジノの方もどうせ経営者の名義は誤魔化さなくてはならなかったので、オンラインカジノの責任者の名を借りて外国人名義にし、自分との繋がりを徹底的に隠ぺいした。

こうして牧村は、また一つシノギを手に入れたのである。

「おっまえ、すげえなぁ!!」

幹部連中に連れていかれた高級ラウンジで絶賛され、牧村は身を縮めた。

「この間出会い系で稼いだと思ったら、また別のシノギ見つけてきて、どうなってんだよ！」

「い、いやぁ……はは……」

「インテリヤクザなんて言葉があるが、牧村はまさにそれだな！」

「おいおい、そりゃ褒め言葉じゃねえだろ。牧村に失礼だぞ」

「ああ、すまんすまん。ただこう、何て言えばいいんだろうな。頭脳派？　そういう風に褒めたかったんだよ。悪く思わないでくれよ、な？」

悪く思うも何も、何かおかしなことを言われただろうか？

首を傾げた牧村に、少し離れた席にいた野口がボソッと説明してくれた。

「インテリヤクザってのは、武闘派の逆だからな。金稼ぎだけが巧《うま》いヤツって意味にも取れるだろ」

「あぁ……はい……？」

金稼ぎだけが巧いと、どうやら暴力団の世界では良くないらしい。牧村にはピンと来ないが。

「最近の若ぇのは気にしねえようだが、それでも嫌がるヤツはいる。お前も言葉にゃ気ィつけろよ」

「は、はぁ……」

曖昧に返事をした牧村に、また別の幹部から声がかかった。

「おい牧村、お前の慰労会なんだからな！　どんどん飲めよ！」

「えっ、あ、いえ、あの、お酒はちょっと苦手で」

「なんだ、飲めねえのかぁ。ま、弱そうな顔してるけどな、ハハハ……！」

ラウンジに連れ込まれて早一時間。綺麗なお姉さんが横についてくれたのだが、左右から豊満な胸やらキラキラのネイルやら艶《なまめ》かしい脚やらに挟まれてしまい、牧村は二十分ほどウーロン茶の水面だけを見て過ごした。ホステスの皆さんは「今川組の期待の若手幹部」として丁寧に、かつぐいぐい接客してくれるのだが、童貞の牧村では女性経験がなさすぎてどうコミュニケーションを取ったものかわからない。というか目のやり場に困るので胸の谷間は隠してほしいし、凶器じみた爪が若干怖いのであと三十センチくらい離れてほしい。だがそれはさすがに言い出せない。

牧村は暴力団員になるまで、キャバクラや風俗店に行ったことがなく、興味もなかった。

大学の同級生の中には風俗にハマってしまってバイト代や仕送りをつぎ込んでいる者もいたが、牧村にとって夜の店は猥雑《わいざつ》で得体が知れない魔窟だった。自分とは関係のない場所だと思っていたのだ。

だが組員になって以来、こういった高級ラウンジやキャバクラような店に連れて行かれる機会も発生した。と言ってもまだ組員としては新人なので、端の席に座ってボケっと幹部の武勇伝や説教を聞いているだけだったのだが、今日は牧村が主役だ。なぜそうなったのかは詳しく覚えていないのだが、とにかく「牧村を慰労しよう」と誰かが言い出し、それに幹部たちが乗っかった形で連行されたのである。連行と言うと表現はよくないが、あれは間違いなく連行だった。拒否権がなかった。

牧村へのサービスというつもりなのだろう、ホステスの中でも特に露出高めの衣装の女性が接客してくれているが、こういう時に「いやーエロいっすねー！」と脂下《やにさ》がることができるほど場慣れしていないし、酔って弾けようにも牧村は酒が飲めない。両側からのサービストークに不動の姿勢で答えるのみである。

(てかこれ、どういう反応するのが正解なの⁉　周りは全員、俺より目上の人だけだよ⁉　その状況でエッチなお姉さんに挟まれて、俺は何をどうすればいいの⁉)

北岡か戸山あたりに助けを求めたいが、幹部たちはこの日は随分とご機嫌で呑んでいるので、既に二人ともイイ感じに出来上がってしまっている。唯一酔っていなそうなのは野口だけだ。そこで牧村はトイレに立つふりをして、そのままさりげなく野口の隣、壁際の席に移動した。やっと息がつけた瞬間である。

「……皆さん、今日どうしたんですかね。すごいテンション高いですけど」

「弁護士から連絡があってな」

「弁護士？　……あっ」

（今川組長の事件の件か）

野口は横に座っていた嬢に軽く目配せをした。野口についた女性は和服の美女だったが、彼女は心得たようにすっと席二つ分ほど距離を取る。それを確認して、野口は背を伸ばし腕を組んだ。

「恐らくだが、心神耗弱《しんしんこうじゃく》の線でいけそうだと」

「心神耗弱……」

「オヤジの兄貴分が一人、やられてたからな。その件や組内の派閥争いやらで追いつめられて――ってぇ筋書きだ。以前からオヤジが心療内科に通院してたって形にすりゃあ、無期は免れそうだ」

「……ほんとですか⁉」

牧村は顔を輝かせた。

――今川組長は、殺人を犯した。それは悪いことだし、罪は償わなければならないと思う。だが牧村が今川の人柄や組の状況を知っている分、どうしても心情的には今川寄りになる。このまま今川が刑務所の中で人生を終えたり死刑台に向かったりするのは、想像するだけで辛《つら》かった。

「警察としても、オヤジにゃ外にいてほしいはずだからな。なんとかなりそうだと」

「……外にいてほしい……？　警察が？　捕まえときたいんじゃなくてですか？」

「牧村〜呑んでるかー！」

突然横から北岡が突っ込んできた。どーん、と子どもがふざけるように牧村の肩にぶつかる。

「ちょ、北岡さん！」

「おい北岡ァ！　まだ勝負ついてねーぞ！」

「悪ィ悪ィ、ハハハハ……!!」

なんの勝負だか、呼ばれて赤い顔の北岡がフラフラと元の席に戻っていく。さっと嬢が腕を貸し支えたのはさすがだった。誰が持ってきたのか北岡たちの卓の上に花札が出ていたので、昔懐かしの賭け事でもしていたのかもしれない。

「負けた方がソープ奢《おご》れよ⁉」

「アホ、そんなん行ったら嫁に殺されちまわァ。ピンサロにしとけ！」

「ソープもサロも変わんねえだろ！」

「突っ込むかどうかで大違いなんだよなぁ」

下世話な会話で盛り上がっている幹部たちにドン引きしつつ、牧村はソファに座りなおした。野口は北岡を見送って、少し笑ったようだった。

「……あの人らも、安心したんだよ。オヤジが帰ってくるってな。それではしゃいでんだ」

「はい、それは……わかります。良かったです、ほんとに」

「……で、オヤジが帰ってくるために、ウチの組も相当金を使った」

「金？」

「詳しいこたぁ言わねえが、各種方面に手を打った。やれるだけのことは全部した。そのための金を用意できたのも、牧村、テメエの働きがあったからだ」

「――えっ」

「だから、今日はお前の慰労会なんだ。お前がいたから、オヤジはシャバに戻ってこられる。

……ありがとよ、牧村」

「……あ、い、いや……そんな」

普段無愛想な野口にまっすぐ目を見据えて言われ、牧村の中に何かが込み上げる。

「……その、何もしてないですけど……お役に立てて、嬉しいです」

単純な「嬉しい」という感情とは違う、大きくて重たい、しっかりしたものを体の中に置いてもらったような、この気持ちはなんだろう。

（――ああ、そうか）

これは、「認められた」という感情だ。牧村がいたことが良かったと、牧村の存在に意味はあったのだと、若頭の野口が認めてくれたという事実。それがこんなにも重く熱い。

「……あ、あの……さっきの、話、どういうことですか」

気恥ずかしくて野口を見られず、牧村はぼそぼそと言葉を続けた。「警察も今川組長に、外にいてほしいっていうのは」

「……あぁ」

野口は懐から煙草を取り出し、いつものライターで火をつけた。野口は決してヘビースモーカーというわけではないが、セブンスターを吸っているところをたまに見かける。そういえば今川組長も、セブンスターを吸っていたなと牧村は思い出した。

「ウチの上部組織の大親分、大判代表を諫《いさ》める役が、ウチのオヤジだったからだな」

「諫める？」

「大判代表ってぇお人は、懐が深く情に厚いが、鬼のようにおっかねぇ面もある。何を考えてんのか、近くにいてもわからねえ。組の運営もそうだ。とんでもねえ舵《かじ》の切り方をして、下のモンだけじゃなく警察すらも振り回す。その代表に苦言を呈すことができるのは、顧問の曼十会会長か、舎弟頭であるウチのオヤジだけだった。だが曼十会の会長は高齢で、近年は地元に引っ込んで表立った場には出てこねえ。となると」

「今川組長だけ……？」

「今となっちゃあな。だからサツとしても、オヤジが逮捕されちまったのは想定外なのさ。本音を言えば、サツの連中も含め関係者誰一人として、オヤジがム所で人生終えることを望んでねえはずだ」

ふー、と野口は煙を吹いた。白くたなびく煙は幹部たちの方へと流れて消えていく。

「……大判代表って、どういう人なんですか？」

「言ったろ、つかみどころがねえと。……古くからの付き合いの人らはもう慣れちまってるようだが、俺らにとっちゃなぁ……それで俺も、組長代行になったようなもんだし」

「……はい？　どういうことですか？」

野口は心底不満げな、渋い顔をした。

「……いくら俺が若頭つっても、組長代行は別の人を据えてよかったんだ。俺じゃあまだ若すぎるからよ。なのに、幹部のオッサンらが」

「らが？」

「代表と直接やりとりしたくねえってことで、俺に押し付けやがった」

「…………」

「そもそも若頭だって、中村とジャンケンして俺が負けたからやってんだぞ」

「ジャンケ……はい？」

「十年くらい前か……中村と俺のどっちが若頭で、どっちが組長付きになるかって話が出た時に、どっちも若頭は嫌だって喧嘩になって、結局ジャンケンで決めたんだ。それでずるずる若頭やってただけなのに、組長代行だぞ。ウチの幹部連中は何考えてんだ」

「……そ、それは、あの、大変でしたね」

牧村は吹き出しそうになるのを堪えて顔を背けた。それなりに重い話をしていたと思うのだが、中村と野口が本気で「せーのっ、ジャンケンポン!!」とやっているところを想像すると笑いが止まらない。いや、多分、絶対やってる。本気で勝負している。

「そういえば……野口さんて、どうして組に入ったんですか」

「親が屑《くず》だったから」

サラっと野口は言って、短くなった煙草を陶器の灰皿で揉み消した。

「母親はウリで生活してて、金がねえ時はガキの俺に窃盗やらせてた。で、ある日俺はミスって捕まって、養護施設行きになった。まんまそこで世話になってたが、中学ン時か、父親ってやつが会いに来て、そいつが元組員だったんだ」

「……え……じゃあ……野口さんのお父さんは、今川組に？」

「いや、違う。別の組にいたんだが、そっちでアホやらかして破門になってた。それを俺に隠して威張って、恐喝だのなんだのの共犯をさせてたんだ。クソみてえな父親だよ」

攻撃的な言葉を使ってはいるが、野口の表情も、口調も普段通りだ。

怒りと絶望と諦めと慣れ、すべてが通り過ぎた静謐《せいひつ》さが、その裏に見え隠れしている。

「今頃どこで何やってるかも知らねえが、指がねぇからな。ロクな暮らししてねぇだろうよ」

「指がない……？」

「不始末で詰めたんだと。本人は舎弟の泥を被ってやったと見栄張ってたが、蓋開けて見りゃあアイツに舎弟はいなかった」

「……」

「絶縁状が回ったから、受け入れる組はねぇし、指がなけりゃまともなトコじゃ働けねえ。とっくに野垂れ死んでるかもな。……で、俺は十八になったらソイツの組に入るつもりでいたんだが、実際はそんなだったから行き場がなくてな。今川のオヤジに拾ってもらったんだ」

拾ってもらった、と野口は言った。

山本もそう言っていた。「拾ってもらった」と。

（……なんか……寂しい響きだ）

多分、本人たちはそこに哀しさはなくて、助けられた、感謝している、というくらいの意味合いで話しているのだろう。

だが、どうにもこうにも胸が苦しい。

学校の同級生や近所の人、バイト先の仲間の中にも、家庭環境や人間関係に恵まれていない誰かはいたのだろうが、牧村はあまり周囲に目を向けずに生きてきたので、意識しなかった。だが暴力団は違う。普通の家庭で育ってきた人間の方が珍しいので、否応なく彼らの背景が目に入る。

（成人したら自己責任、って、よく言われるけど）

もし自分が野口のように、物心ついた時から親に窃盗をさせられ、その後の人生もいいように使われていたら、更生して普通に生きていくのは容易ではないだろう。

人は生まれ育つ環境で、その後の人生を大きく制限される。牧村はそれを実感せざるを得なかった。

「中村も似たような感じだな。アイツは親が高校ン時に出てって、それきりだとか言ってた。

そんで衣食住狙いで部屋住みになったとか。中村と俺は、同じ時期にオヤジの家に住み込んだんだ」

「家？　事務所じゃなくてですか……？」

「当時は事務所を構えてなくて、オヤジの家が事務所兼ねてたんだよ。姐《あね》さんが出来た人でな、俺らにイチから一般常識を叩き込んでくれた。靴の磨き方やら、飯の作り方やら」

今川の妻、すなわち今川組の「姐さん」という人に、牧村はほとんど会ったことがない。何かの折に事務所に来ていて、たまたま居合わせたので頭を下げたくらいだ。今川の妻なので六十代だとは思われたが、品の良い、どこか教員のような雰囲気の女性だった。

「当時は姐さんが組の雑用取り仕切ってたからな、本当に世話になったよ。エプロンなんてもんつけて料理するのは、テレビの中だけだと思ってたが……」

野口は言って、グラスの中の酒を飲み干した。今日の野口はいつもより饒舌《じょうぜつ》だ。

「部屋住み時代は、よく皆でアンパンマン観たもんだ。おむすびマンがかっこいいんだよ」

「アンパンマン？」

予想外の単語に牧村は聞き返した。「……僕の顔をお食べ、のアレで合ってます？」

「他に何があんだよ」

「……い、いえ、あの、なんか……ちょっと、子どもっぽいなって」

「何言ってんだ、アンパンマンは奥が深いんだぞ！　めいけんチーズだって、本当は喋れるのに喋らないんだからな！」

　本気で憤慨したように言われ、どう返事をすればいいのか判断に迷った。野口の発言は大声だったのでホステスたちにも聞こえているだろうに、吹き出さないのは中々に強い。先程から思っていたが、この店のホステスたちはレベルが高いのだ。こんなことで実感したくはないが。

「有希《ゆき》ちゃんはロールパンナちゃんが好きでなぁ、やっぱオヤジの血だよ、渋い趣味してんだ」

「有希ちゃん？」

「オヤジの娘さんだ。俺らに懐いてくれて、夕方一緒にテレビ観るのが日課だったな」

（……ああ、娘さんと一緒にアンパンマン観てたのか）

　そう理解して、ほっとした牧村である。暴力団員がアンパンマンを観てはいけない理由はないが、めいけんチーズだのなんだの、若干マニアックな固有名詞が出てくるまでハマりこんで観ていたと思うといささか怖い。

「じゃあそのご家族も、今川組長が戻ってこられそうで、よかったですね」

「……」

野口は一瞬、眉を顰めた。

「オヤジは事件起こす前に、籍抜いてったんだ。デケェ事件起こすから、家族に迷惑かけねえようにってな」

「……離婚したってことですか⁉」

愕然と返す牧村に、野口は静かに頷いた。

「全部覚悟の上で、別れを済ませてたんだろう。……だから何年かして出所しても、元の鞘《さや》に戻るかは……いや、俺としちゃあ戻ってほしいと思ってはいるが、渡世ってなァロクな世界じゃないからな。縁を切ったままでいた方がいいと、オヤジはそう考えるかもしれねえ」

今川が妻子と不仲という話は聞いたことがない。ここまでの話の流れからしても、恐らくは良好な、温かい家庭を築いていたのだろう。なのに抗争で、組の代紋を守るために自分が鉄砲玉になり、人を殺し、場合によっては死刑台を上る。

それはどんな風に覚悟を決めたら、できることなのだろう。


翌日、事務所にはほとんど人がいなかった。

雑用係の山本や他の若衆はかろうじて来ていたが、皆死んだ顔をしている。牧村を出迎えて「おはようございます！」とやってくれたのはいいが、言った直後頭を抱えて全員が呻いていたので牧村は怯えた。一体何があったのだろうか。

原因は、珍しく朝イチで事務所に来ていた小塚によって判明した。

「昨日、飲み会あったらしいじゃないすか？　後から他の人らも呼ばれて、めちゃくちゃに飲んだみてーで、全員二日酔いですね」

「……マジ？」

昨日の夜、牧村はほどほどの所で「明日の仕事もあるので……」と切り上げて帰宅した。が、どうやらその後からが本番だったようだ。

「山本さんからラインきたんすよ。上の人らが事務所来る前に、ゴミ箱だけ片づけといてくださいって。どーしても起きらんねえって」

事務所の掃除や片づけは若衆の仕事で、特に前日のゴミは一つも残さないよう、ゴミ箱をすべて空にしておくのが今川組事務所の鉄則だった。一人暮らしになってからゴミの日を忘れがちな牧村からすると、随分厳しいなと思っていたのだが、これは組事務所らしい理由があった。ゴミとして捨てられるレシートや帳簿の切れ端でも、事務所に何人在籍していて年齢層はどのくらいかなど、情報を読み取れてしまうので即時処分するのである。

「だから俺が朝来てゴミまとめといたんすよ。おかげでスゲー眠いっすわー」

堂々と欠伸《あくび》をしながら言って、小塚はパソコンを立ち上げた。

「今日、他の人ら来ないっすよね？　俺メールチェックだけしたら昼寝してていいです？」

「……いや、それはちょっと」

「ええ？　ダメすか」

「いいとは言えないなあ……。ていうか、いつの間に小塚は山本くんとライン交換してたの？」

ここ数日の牧村は、小塚を呼び捨て、山本をくん付けにしている。山本は呼び捨てにしてくれとかなり食い下がったが、同い年の山本を呼び捨てにするのがどうにも気まずい。その為くん付けで承知してもらったという経緯があった。

「え？　休憩中に、フツーに。歳近いっすよねーどこ出身すかーみたいな感じで。なんか向こう、俺を牧村さんの右腕？　的な感じだと思ってるみたいで、敬語使ってきますけど」

「……小塚ってコミュ力高い？」

「どうなんすかね？　まともなダチは少ねーっす」

小塚はふあァああ、とまた欠伸をしながら頭をかいた。そして画面を見て「あれ？」と声を上げる。画面にはアプリゲームの動作確認状況が映されている。

「つかしーな、次のイベントのインターフェイス、ずれてる」

「え、嘘。見せて。……あ、ほんとだ。酷いな……どこでおかしくなったんだろ」

「これ明日リリースっすよね？　ヤバくないすか」

「ちょっと待って、すぐ直せると思う。俺らで無理そうだったら、詳しい人の手を借りるよ。前に話した通り外注の人雇ってるから、そっちに連絡すれば対応してくれるしね」

「えー、イベント中止とかダメっすか、めんどいし」

（もう告知してんのに、面倒臭いって理由で中止にするわけないだろー！）

そう叫びたいのをぐっと堪える。厳しくすると小塚は辞めてしまうかもしれないし、もし辞めると言い出されたら、牧村が組員である以上、引き止めることもできない。

「気持ちはわかるけど、小塚だって楽しみにしてたゲームイベントがいきなり延期になったら、嫌でしょ？」

「うわー、それ言うのズルいっすよー。ユーザー気分になっちゃうじゃないですか」

「それで正しいよ。ユーザー目線大事だからさ。とにかく、どのくらい面倒か、ちゃんと調べてみないとわかんないからね。やってみよう」

「……牧村さんて、いい人ですよねー」

不満げな顔をしつつ、小塚が言った。

「いい人？」

「だって教え方めちゃ丁寧だし。優しいじゃないすか」

（いやそれ、辞められたくないだけだし）

そう思ったが、小塚の信用度を敢えて下げる理由もないので、曖昧に笑って誤魔化した。

「割と俺、どこ行っても馴染んでくると馬鹿にされること多いんですけど、牧村さんそういうのしてこないですよね。何してもあんま怒らないし」

小塚は足元に屈み込んで、コンセントにプラグを差し込んでいる。牧村の言葉で一応やる気にはなってくれたようで、動作チェック用のノートパソコンを用意している。

「つーか、前から思ってたんすけど、ここで真面目にやんの馬鹿らしいっていうか」

「は？」

「だってここ、ヤクザの事務所ですよね？」

踏み込んできた言葉に、息が止まる。

「そ、それはー……」

「俺、最初全然気付かなくて。牧村さんもフロント企業で就職してから、暴力団って気づいたクチでしょ？」

牧村は悲鳴を上げそうになった。

（うわー！　やっぱ気が付いてた！　まぁ俺くらい鈍くなきゃ気付かないはずないけど！）

「い、いや……そんなことないよ……」

思わず目を背けて答えると、またまた〜、と小塚が笑う。

「ええ〜？　だって牧村さん、全然他の人らと空気違いますよ。幹部とか言われてても、墨も入ってねーし」

あ、それとも、見ぇねえとこに入ってます？　と聞かれ、慌てて牧村は首を振った。

「入ってないよ！　あんなの怖いし、痛そうじゃん」

「いやー痛いっしょ。痛くない訳ないっしょ。よく皆入れますよねー」

「……それは思う。野口さんなんて手首まで入ってるし」

「あれ滅茶苦茶ヤバくないすか。手首ですよ手首。内側彫る時に間違って血管ぶっ刺しそうじゃないですか」

「ひっ、怖っ……え？　野口さん手首の内側って入ってた？」

「入ってませんでしたっけ？」

「……ちゃんと見てないなあ」

「気になりますね。他にも腕に入れてる人結構いますけど、手首までって珍しいですよねー。今度聞いてみよっかな」

「……小塚ってホント、物怖じしないよね」

「空気読まねえとは言われます！」

小塚は立ち上がり、改めて椅子に座り直した。

「まーでもぶっちゃけ、ちょっと抵抗はありますよねー。周り全部組員とか」

「ちょっとで済むんだ……」

「そもそもこの事務所、給料待遇は結構いいすけど、騙して入れるって詐欺じゃねっすか？」

(それな)

大声で同意したいができない。

騙されて入ったのは牧村も同じだ。しかも小塚より遥かに長い間そのことに気づかなかった上、うっかり本物のヤクザになってしまったのだ。間抜けすぎてため息も出ない。

「どーしよっかなー、適当なとこで抜けないと、逃げらんなくなりそうだしなー。何だったら一緒に逃げません？　弁護士通すとか、警察行けば辞めさせてもらえるでしょ」

「弁護士……？」

「俺のダチがこういう裏社会系の業界に詳しいんすけど、弁護士でいけるらしいですよ。あとフツーに警察駆け込んでもいいらしくて、後腐れなくさくっと辞められるって」

「それは、小塚みたいな事務員だったらそうかもしんないけど……俺はさすがに……その、盃貰ってるから」

「だからー、盃貰ってもいけるんですって。警察にはマル暴っていう、暴力団相手の専門部署があるんで、そこが組関係の対応、全部やってくれるんですよ」

「……警察、そんなに親切なの⁉」

「そりゃそうですよ。警察的には組員減らしたいわけだし。どっすか、牧村さん。辞めません？　逃げんなら一人より二人の方が心強いし！」

牧村は小塚に返事ができなかった。

辞めたいという気持ちは一ミリも変わっていない。組員たちに感情移入しつつあるものの、今後一生暴力団員でやってくなんて絶対に嫌だし、やっていけるとは思えない。だが、辞めた後の厳しい生活の話を聞いてしまった今では、よほど下準備をしてからではないと辞めることも恐ろしいし、何より、今はまずい。

（小塚と違って、俺は結構犯罪行為に加担しちゃってるからなあ……運営中の出会い系サイトだってサクラだらけで違法だし、最近は闇カジノの経営も手伝ってるし）

手伝っている、と言ってはいるが、実態は百パーセント主導しているのだが、牧村的には自分が主導であると認識したくない。シノギの大半は組に入れているので、あくまで自分は手伝いであると強く主張したい所である。

とにかく小塚が逃げる意思を持ち始めているのは牧村にとってよくない。小塚に後を任せて自分は組を抜けるという打算が成り立たなくなる。

（俺が今すぐ辞められない以上、小塚にも辞めてほしくない。小塚が辞めちゃったら、次がいつ入ってくるかもわからないし、小塚は勤務態度以外は優秀だし……とにかくうまくおだてて育てて、俺の後継になってもらわないと！）

そう思いはしたものの、さすがに少々罪悪感が湧く。が。

「あっすんません！　十分抜けてきていっすか！　パズドラのゲリラダンジョン来てるんで！」

と宣言して、小塚は休憩コーナーと化しているソファセットに行ってしまった。

（……罪悪感抱く必要ねーわ。アイツ、ここに一人残されても、余裕でやってけるよ……）

遠い目になった牧村である。


そんなこんなで、気がつけば牧村が家を出て以来、一年が経とうとしていた。

その間、牧村は一度だけ自宅に戻った。季節が変わったので、衣類を取りに行ったのだ。

母親とは極たまにだがラインで近況報告をし合っていた。といっても「元気？」「まぁまぁ」「母さん明日からパート始めるよ」「ふーん」程度ではあるが、平日の昼は家に誰もいないことがわかったので、両親の不在時にこっそりと帰宅した。

鍵を変えられていたらどうしようかと心配したが、さすがにそこまではしなかったようで、牧村の持っていた鍵で無事家に入ることができた。ドアを開いた瞬間、懐かしい匂いがする。実家の匂いってこれか、と牧村は痛感した。

「……ただいま」

無人とわかっていても、昔からの癖でついそう呟いてしまった。しん、と静まり返ったリビングに、安堵感と少しの寂しさを覚える。キッチンのコンロの上には見慣れた手鍋が鎮座していて、中身を覗くとインゲン豆と油揚げの味噌汁だった。朝の残りだろう。

何年も経過したわけではないので当然だが、家の中は最後に見た時とそう変わってはいなかった。なのに妙に懐かしいという心境になるのが不思議だ。階段を上ると、熱しやすく冷めやすい父がまた新しい趣味でも始めたのか、見慣れないへたくそな水墨画が壁に飾られていた。

「……ったく、前やってた陶芸はどうしたんだよ」

イラっとした気分になりつつ、懐かしく愛しい子ども部屋の扉を開け、そして叫んだ。

「なんだこれ⁉」

部屋の中央によくわからない人体模型がある。しかもなぜか顔が今時のアニメ顔だ。これは恐らく父の勤務先の教育商材だろう。昔から売れなかった会社の試作品を、後学のためにと貰ってくることがあったのだ。子どもが怖がるからアニメ顔にしたのかもしれないが、恐怖の方向性が変わっただけで怖さは全く軽減されていない。というか人体模型としてはこっちの方が怖い。

　更に、壁際に積み上げられているのは母の趣味のハンドクラフトの材料のようだ。そうか最近は羊毛フェルトに手を出したのか。随分いっぱい買ったんだね、でもなんで俺の部屋に置くかな？　あ、ベッドの上は完全に物置にしてるんだー、この箱なんていうんだっけ、衣装ケース？　中身はなんだろ。俺に関係ないものであることは確実だろうけど。でもって俺の勉強机の上にあるのは水墨画用の画材？　あ、そっかー俺の勉強机で水墨画描いてるんだ！　だよねー空き部屋使わないと損だもんね！

「……じゃ、ねーよ！　なんで一年も経たずに、俺の部屋物置にしてんだよ……!!」

　かろうじて牧村の私物は捨てられてはいなかったようだが、漫画やゲームソフトなど、隅の方に押しやられているものが多数だ。これはあと一年もすれば捨てられる気配が濃厚である。

「割り切り、早すぎんだろ……」

　恐らくだが、最初の一か月くらいは父親はおろおろしていたに違いない。だが二か月が過ぎた頃には「便りがないのは元気な証拠！　アイツもしっかりやってるってことだな！」とポジティブに受け止め「よーし息子も独立したことだし、第二の人生楽しんじゃうぞ！」とはしゃぎだしたのは想像に難くない。こういう時、牧村の母は父親を放置しておく。放っておけば勝手に持ち直すことを理解しているのだ。

「……母さん、ブレないからなぁ……」

脱力しつつ、大事な私物を持ってきた鞄に突っ込んでいく。といってもあまり物に思い入れを持たない性格なので、ゲームソフトをいくつかと、気に入って使っていた筆記用具程度である。漫画本はどうするか迷ったが、一人暮らしの部屋で荷物を増やすのも何なので諦めた。どうしても読みたいものは買いなおせばいい。

「えーと、冬物は何段目だっけ……えっ？」

タンスの引き出しを開け、牧村は絶句した。

中身はすべて、持ち出しやすいように百均の衣類収納袋に収納されていた。そして一つ一つに「冬物」「秋物」とメモが貼り付けてあり、「冬物」のメモの裏には母の字でメッセージがあった。

『キャラものはもう着ないと思ったので捨てました。ゴムが伸びた下着や靴下もゴミにしました。コート類は着る前にクリーニングに出すように。同窓会が年明けにあるそうなので、行きたければ下記に連絡しなさい。母より』

（こ、行動が読まれてる……!!）

母は牧村が近いうちに実家に戻ってくることを予測していたのだ。

(こっわー!! あの人怖ッ!!)

昔から母はこういうところがある。ボケっとしているように見えて、先読み能力が異様に優れているのだ。突然フルスロットルで訳の分からない行動をし始める父親とは、きっと相性の良いカップルなのだろう。振り回される子どもとしては溜まったものではないが。

(ぜんっぜん変わってないな……ある意味、元気で何よりだけどさ……)

必要と思われるものを掻き集め、子ども部屋を立ち去る際、牧村はドアを閉めようとして手を止めた。

――この部屋は、牧村の子ども時代の象徴であり、平穏な暮らしの象徴でもある。

なのにあれからたった一年で、自分は暴力団の幹部になり、一人暮らしのマンションには拳銃まで置いてある。とんでもない変化だ。

牧村は一つ深呼吸した。そして決意を新たにする。

(絶対、ここに戻ってくるからなー!!)

そして親の趣味部屋化した子ども部屋を、取り返してやる! ……と、牧村は強く誓った。

ところがその数日後には、またも事態は悪化していく。

戸山の乗る車が、銃撃されたのだ。

第 四 章

牧村、カチコム。

「っざけんじゃねえぞ、あの☒☒☒野郎ども！　ぶち殺してやる‼」

牧村が事務所の玄関を開けた瞬間、耳に飛び込んできたのは戸山の怒号である。

「カエシだ、チャカ寄越せチャカ‼」

「待てよ戸山、お前が行ってどうする」

「サツが来るから動くな、それにまずは野口の判断を待って……」

「どうせヤることを今やって何が悪い！　チャカどこだ！」

響き渡る声に固まった牧村に、出迎えてくれた若衆が焦燥をにじませた声で促した。

「あの、とりあえず中へ！　ここ危ないんで、急いでください」

「危ない？」

牧村が中に入ると、若衆は「申し訳ありません、呼ばれてますんで……！」と奥にダッシュしていった。取り残された牧村はその場に立ち尽くす。居室の方からは相変わらず激しい声が響いており、物が壊れる音もしている。危ないので中に入ってくれと言われたが、入る方が危ないのではないだろうか。いきなり椅子が飛んできたりしたらどうしよう――ドアノブに手をかけた状態で汗をかいていると、ひときわ大きな物音のあと、唐突に室内が静かになった。

「救急箱！」

「はっハイ‼」

誰かが怒鳴り、勢いよくドアが開けられた。飛び出してきたのは山本だ。ドアのすぐ横に立っていた牧村は危うく顔を打つところだった。

「あっ、牧村さん！　すみません……！」

言いながら山本はダッシュでどこかへ消えていく。呆然としていた牧村だが、我に返って居室に足を踏み入れた。すると入口のソファのあたりに人だかりができている。

「だから、落ち着けっていったろが。この馬鹿野郎」

「おい動くなよ、頭打ってるかもしんねぇからな」

（――うわっ！）

ソファの中心に座っている、というか座らされているのは戸山で、片手で押さえた顔面から夥《おびただ》しい出血をしている。どうやら鼻血が出ているらしい。

「指も腫れてきてんぞ、動かすなよ」

「持ってきました！」

息を切らせて走ってきた山本が、大きな、古めかしいデザインの救急箱を開けた。牧村の側からは山本や他の幹部たちの背で見えないが、顔や手の手当てをしているようだ。だが、山本の目元も時間が経つにつれ赤黒く変色してきている。その時玄関で牧村を出迎えてくれた若衆が、片手にタオルを持って小走りでやって来た。

「あとは俺がします！　山本、お前は顔冷やしてこい！」

「いや、俺は」

「いいから！」

押しやられた山本は戸惑ったそぶりを見せたが、背筋を正して一礼し、洗面所の方に消えていった。牧村は自分の鞄を席に置いて山本を追う。

「山本くん、大丈夫？」

「あっ」

山本は顔に濡《ぬ》らした手拭いを当てていた。

「すんません、大丈夫です。ありがとうございます」

「どうしたんですか、それ……」

「戸山さんに殴られて……」

「殴られた？　顔面を⁉」

山本は戸山や北岡について行動することが多いが、二人ともかなり気が短い。牧村に対しては好意的な二人でも、やはり若衆には手が出ることもあるようだ。それもかなり頻繁に。とはいえ痣《あざ》ができるほど顔面を殴るような、そこまでのことは今までなかったはずなのに。

「車の件でイラついてたみたいで、それで止めたら、気に食わねえと」

「……俺、さっき来たばっかりで状況摑めてないんで、何があったか聞いていいですか？　ていうか、立ってて大丈夫？　どっか座りましょう」

「……すんません、助かります……頭揺れたんで、目が回っちまって」

ダイニングに移動して一息ついたが、よくよく見ると山本は酷い状態だった。顔が腫れているだけではなく、シャツの襟は破れているし、背中のあたりに靴跡もついている。事務所は土足ではないので、靴跡がついているということは駐車場で蹴られたのか。

「ほんとに、まだ二十分くらい前なんですけど、戸山さんが事務所来て、駐車場に入ろうとした時にカチコミがあって」

「カチコミ⁉」

突然下が騒がしくなった。窓から覗くと、先程までは何もなかった事務所前にパトカーが何台も停車している。その先頭の一台から現れたのは、制服の警官一人と私服の警官が二人だ。私服の警官のうち、四、五十代と思わしき男の方は恰幅がよく、丸顔だが目つきが鋭い。パトカーから降りてきたのでなければ、組員と間違いそうな威圧感だ。もう一人は精悍《せいかん》な印象の長身の男で、こちらは三十前後に見える。二人ともスーツ姿で腕章をしていた。

その若い方の男がこちらを見上げ、目が合いそうになったので慌てて牧村は窓の中に引っ込んだ。

「あれって……」

「マル暴すね……多分、通報があったんです。結構銃声、響いてたんで」

「——えっ？」

「戸山さんが車で事務所ついて、シャッター開くの待ってた時、通りすがりのバイクに銃撃されたんです。後部座席のドアに二箇所。犯人は逃げたと」

（銃撃……!!）

牧村は血の気が引いて行くのを感じた。来たか、という思いが胸をよぎる。

（鯛八木組との抗争が終わっても、大判組内に不穏な動きがあるって野口さんは言ってた。だから俺も拳銃持たされてたし……でも、でも、まさか本当にカチコミがあるとか、思わないじゃないか……!!）

「じゃあ、さっきの戸山さんの怪我《けが》はそれ!?」

「カチコミでは無傷でした。怪我は、自爆というか……カチコミでブチ切れて暴れてる時に、足が縺《もつ》れてひっくり返ったんです。そんで顔面打って。鼻折れてないといいんすけど……」

「うわ……」

「戸山さんの車、この間苦労して買い替えたばっかかなのに、ダメになっちまったから、すげぇキてるみたいで……それも俺らがシャッター開けるの遅かったせいだって、随分怒られました……」

(もしかして、あと二十分早く出勤してたら、俺も巻き込まれて……いや、俺が銃撃されてた可能性もある……⁉)

牧村が眩暈を覚えた時、事務所内が慌ただしくなった。幹部の誰かが警察への応対に出たらしい。山本が慌てて腰を浮かした。

「サツが踏み込んで来ると思うんで、俺の顔は銃声で焦って階段から落ちたってことにしといてください。でないと余計に調書取られたりするんで」

「あ、う、うん……あっ、背中の靴跡！」

「靴跡ついてますか⁉　やべ、脱ぎます」

そうこうしているうちに下から声がかかり、牧村も警察から事情聴取を受けた。とはいえ牧村は、襲撃が終わってから出勤してきたことが監視カメラに記録されているので、制服の警官と少し話しただけで済んだ。しかし戸山はさすがに軽い話というわけにはいかず、警察署に赴く必要があるらしい。怪我をしているので、病院に寄ってからということだった。

警察が出入りしている事務所で自分のシノギはできず、落ち着かない空気の中、牧村は隅に縮こまっていた。小塚はというと、誰かが事務所の状況を連絡したようで、自宅待機になったらしい。やることもないので適当に事務仕事を始め、山本や末次らとぽつりぽつりと話して二時間ほど。事務所から警官たちが出て行って、やっと牧村は息を吐いた。暴力団員になってしまったためにより強く感じるのかもしれないが、警察官特有の空気には圧迫感があると思う。暴力団の構成員が組織力を笠に着ているように、警察の背後には国がある。組織力が圧を感じさせるなら、警察を前にすると息苦しくなるのも当然かも知れなかった。

事務所内からは警察は退去したものの、夕方になってもまだ包囲は解かれなかった。どうやら当面、警察が周囲を警戒するらしい。

「あれ、落ち着かないなあ……」

牧村のボヤキに、北岡が渋い顔をした。「仕方ねえ、多分これから数日はあのまんまだぞ」

「現場検証終わっても……ですか？」

「また抗争状態に入ったから、警察も警戒してんだ」

「……抗争状態」

「この件じゃ、ウチは無関係だと思ってたんだが、向こうは今川も敵方と認識したってことだろ。つってもまだ俺ら幹部でも状況がはっきりしねえ。それはサツも同じだろうから、警察も様子見で事務所の周りに人員を配置すんだよ。連続でこんな事件起こされちゃ、面目丸潰れだからな」

「今回の銃撃みたいな……ですか？」

「あとは、車で突っ込んできたり、火炎瓶投げ込んだり。爆発物は罪が重いから、あんま使われるこたねぇけどな」

北岡は牧村の隣の、小塚の席に腰を下ろした。野口は自宅からそのまま警察だか本家だかに行ったようだし、北岡といつも組んでいる戸山も警察だ。他の幹部もバタバタしているので、話し相手が欲しいのかもしれない。

「しっかし、とうとう来たか……水面下で済ませるもんかと思ってたが」

北岡は胸ポケットに手を入れかけて、渋い顔でそれを引っ込めた。

「くそ、禁煙してたんだった。買っときゃよかった。……牧村は、野口から何か聞いてるか？」

「……特に、何も……」

「じゃあ、越庵派と小倉暗派の件も知らねえか」

「こしあんとおぐらあん……あんパンの話ですか？」

「いや、大判組の代表派か若頭派かって話だが」

「なんでそんな美味しそうな名前なんです⁉」

「代表がそう言ってるからだよ。なんか由来はあったと思うんだが、忘れちまった」

「……なんで毎回、和菓子縛りなんですかね……」

「ふざけた名前で誤魔化そうとして、誤魔化し切れなかったんだだろ」

名称で脱力してしまった牧村だが、北岡の表情は硬い。「……大判組の代表と三役、つまり若頭・本部長・舎弟頭の結束は、他の組にはねえくらい強固だって言われてた。ところがしばらく前、その若頭と代表の間でひと悶着あった。しかも相当なヤバいヤツが」

「ヤバい、というと……」

「詳細は誰も知らねえ。野口はもしかしたら聞いてるかもしれねェが、俺らまでは話が回ってこなかった。これだけ緘口令《かんこうれい》が徹底できてるってことは、他の直参も知らねえんだろう。そのくらい最悪の揉め方したんだろうな。ま、予想はつくが」

「……」

今日、戸山は車に銃撃を受けた。

これが抗争では普通の出来事なら「最悪の揉め方」だとどのくらいになるのか。

（……殺そうとした、とか……？　……多分、それだよな……）

今日何度目かの震えがこみ上げた。「殺す」が選択の一つに入っているあたり、やはりここは牧村の生きてきた世界とは違う。普通の人間は、まずその選択肢を視野に入れない。

「そういう何かがあったんなら、すぐに絶縁か破門か、とにかく強烈なお達しがあるはずなんだが、そうはならなかった。若頭と代表の縁は深いからな、若頭の気の迷いってことで、代表は話を収めようとしたんじゃねえか。ところが当の若頭が黙ってなかった。しばらくの沈黙のあと、堂々と離反を宣言したんだ」

「……組を出てった？」

「若頭が出てくだけで済みゃいいんだが、若頭派もいたから謀反ってことになる。これは大判組としちゃあ相当まずい事態だ。組が二分されちまう」

今川は代表その人の兄弟分で、両者はそれなりの関係性を築いていたらしい。だが今川組の幹部たちの中には、代表を忌避する感覚があったと野口が言っていた。ということは、幹部たちの中からは、若頭を推したいという声も出たのではないか。

「……今川組はどっちにつくかとか、そういうのあったんですか」

「様子を見てた、って感じだな。代表にも若頭にも、積極的につくだけの理由がなかった」

「え？　……若頭にも……ですか。不仲だったとか……？」

「若頭派がこっちを白眼視してたってのは、ある。……鉄砲玉ってなァ、だいたい出す順番が決まってるもんだ。この間は今川組が出したから、次は別の組の若ェのが行くって感じでな。それで言うと、鯛八木組ン時は若頭派の組のどっかが鉄砲玉出すはずだったんだ。ところが、向こうの連中は一向に動こうとしなかった。それどころか、今川組は近年ロクに貢献しちゃいねえ、ならせめてこういう時こそ率先して動くべきだろうと、そう煽《あお》り立てやがった」

今川組長が事件を起こした日、野口は全員を集めた場でこう言っていた。『動くべきだった組が、動かねえ。だから事態は悪くなる一方で、ウチに周りの目が向いた。武闘派を気取っちゃいるが、いざって時にゃあ日和見かと、そんな陰口も耳に入ってた』と。それが今回の件に繋がっていたのか。

「……鉄砲玉なんて、誰だって嫌ですもんね」

「ひと昔、いや、ふた昔前は喜んでいくヤツもいたんだ。服役中は組から金が出るし、出所後の慰労金だってデカい。それにその頃は組員同士の傷害や殺人は、それほど重刑にはならなかった。一人殺しても数年で恩赦とか、そんなこともあったくらいだからな」

「殺人が恩赦⁉　出所できちゃったんですか⁉」

「できたんだよなぁ……まぁ戦前の話だがよ。その頃は一人殺しても七、八年で済んだしな。そんなんだから、鉄砲玉だってなりたがるヤツがいたんだよ。出所して幹部になりゃあその後は安泰だしよ。でも今はそうはいかねえ。殺した相手が一人でも長期刑は確定だし、無期や死刑が視野に入ってくる。二十代で入って三十そこそこで出所すりゃ、悠々自適の幹部人生が待ってた昭和とは訳が違う。だからもう若ェのほど行かせられないのさ」

「……そ、それは……そう、ですね。二十代で無期懲役なんかになっちゃったら……いや、二十代じゃなくたって、それは……」

それなのに若頭派は今川組に鉄砲玉を押し付けたのか。これは中々、えげつない話だ。

「それでオヤジは、今川の看板守るために自分が鉄砲玉になっちまった。若頭派もさすがに黙ったし、それに若手――お前の協力もあって、運営状態も改善してきてた。三役の組として建て直しが図れてたんだ。そのおかげで、さすがは今川、やはり大判組の要石だと空気が変わりつつあった。だからまぁ、こっちが許しさえすりゃ若頭派とも共存していけると思ってた。……そんな流れがあったから、代表と若頭の揉め事は、蚊帳《かや》の外だとタカをくってた部分がある」

「え……？　で、でも……大判組の若頭派が今川組長を追い詰めたわけですよね？　その辺、大丈夫なんですか。幹部の人たちの中で、若頭の人に対して不満があったり……」

「若頭本人はオヤジとは随分親しかったんだよ。だから若頭派がウチにかけてきた圧も、単に若頭が下を統制できていねえか、下手に庇《かば》うと逆にオヤジの体裁が悪いから、敢えて放っといたんだろうくらいに思ってた。そのくらいあの二人にゃ信頼関係があったんだ。ある意味で代表よりも繋がりは深かったと思う。だからどれほど代表と若頭が揉めようと、ウチのオヤジの不在時に、今川組に手を出すことはねえだろうと俺は思ってたし、恐らく他の連中もそう思ってたんじゃねえか。けど……」

「……今日、襲撃があった……」

「若頭その人も、覚悟、決めちまったんだろうな」

北岡は天を仰いだ。疲れたように息を吐く。

「抗争は、俺ァ嫌じゃねえよ。暴力団ってのはそういうモンだからな。シマや金、人が欲しいから力で奪い取る。それは組員なら普通のことだ。みんなそういう生き方してきてるんだ。けどな、こんな風に……盃交わした身内が離れてくのは、キツイよなあ……」

北岡をはじめ、幹部たちの話は憶測が多い。組の上層部が下にあれこれ通達しないのが暴力団という組織なので、諸事情が伝わり辛いのも当然だと牧村は理解していたが、恐らくそれだけではないのだろう。たったこれだけ聞いた限りでも、代表と三役の関係性は、容易《たやす》く他者が類推できるものではない。

「事務局長！　どうぞ！」

と、横からスッと新品の煙草の箱が差し出された。銘柄はこの間まで北岡が吸っていたハイライトである。

「お手持ちがないようでしたので、買ってきました……！」

頭を下げて差し出した若衆の肩は、激しく上下している。先程北岡が懐に手を入れて渋い顔をしたのを見て、煙草を欲しがったと察し、コンビニまで走ってきたのだろう。北岡はそれを受け取るかと思ったが……。

「何勝手な真似してんだ、このタコ‼」

若衆の頭をいきなり殴りつけた。

「ぐっ！」

「俺がいつこんなもん買いに行けっつった⁉　禁煙中だっつってんだろォが！　大体、封も切らずに突き出すアホがどこにいる‼」

「もっ、申し訳ありません……‼」

殴られた若衆は平謝りで、手から落ちた煙草を拾い上げた。北岡は舌打ちして立ち上がる。

「末次！　テメエ、下の教育なってねぇぞ！」

怒鳴りつけて北岡は部屋を出て行く。その姿が見えなくなるまで、牧村は硬直して動けなかった。若衆もその場で頭を下げたままだ。

（え……え？　この若衆の人、悪いことした？　してない……よね？　あれって八つ当たり……）

だが若衆は文句も言わずに、牧村に一礼して走っていく。北岡に怒りの矛先を向けられているであろう末次に、詫びを入れに行ったのだろう。

（いくらなんでも、理不尽過ぎないか……？）

居室の外、廊下の奥から怒声が聞こえる。そういえば今日の昼は、戸山の怒鳴り声も響いていた。視線を彷徨わせた先、ソファの近くの床には、よく見れば点々と黒っぽい跡が散っている。戸山の血だろう。

(……暴力団、なんだよな)

戸山も北岡も牧村には優しい。だが若衆には暴君だ。若衆は不良やチンピラ気質の者が多いために、暴力を伴った躾で矯正するという建前はわかるが、それにしたってこれはどうだ。

(……怖いな)

事務所の中にも、外にも、暴力が吹き荒れていた。


翌日、牧村は久しぶりに事務所に現れた野口に、応接へと呼び出された。

「話は聞いてるか」

「……なんとなく、ですけど」

野口の纏《まと》う空気がいつもより重い。牧村は逃げ出したい気分になった。

北岡ほどではないが、野口にも二面性がある。料理好きで世話好きな中年男の顔と、組長代行若頭としての顔だ。今日は前者は鳴りを潜め、組長代行若頭として牧村の前に座っている。

「昨日戸山さんを襲ったのは、小倉暗？　派って話は、聞きましたけど、それ以上は、そんなに聞いてないです……詳しいことは、全然……」

たどたどしく答えた牧村に、野口は頷いた。

「それでいい。詳細を知る必要はねぇ。——牧村」

す、っと野口の目が細められた。

「アイツにカチコミ行かせてこい。この間お前に渡した「道具」持たせて、小倉暗派を脅してこさせろ」

（アイツ……って）

牧村が直接指示を出せる人間は、一人しかいない。

「小塚ですか……⁉」

返事はない。だが、否定もない。

「そういうのって、組員がやることですよね⁉　小塚はただの事務員じゃないですか……！」

野口は机の上に小さなメモ紙を置き、それをこちらに滑らせてくる。そこにはとある組名と、事務所の住所が書いてあった。ターゲットの組ということか。

「今回の件。——小倉暗派なんつって誤魔化しちゃいるが、要するに若頭……いや、もう前若頭か。前若頭の一派が敵だ。今後どのくらいの人数がそっちに付くか、現時点では読み切れねえ。だが元々代表派と若頭派、組を二分する空気があったのは事実だ。ってことは、この抗争は長引く可能性がある。いざって時のために組員は残しておきてえんだよ」

「で、でも……」

「道具」とはすなわち拳銃だ。今回、戸山が襲撃されたように、小塚に小倉暗派の誰かを撃てと、そう言っているのだろうが……。

「それは……さすがに」

「アイツ、辞めようとしてんだろ」

無理です、と言いかけた牧村の言葉を野口が遮った。「タダで辞めさせせんのは勿体《もったい》ねえ。そのためにお前のシノギ、手伝わせてたんだからよ、そこを衝《つ》け」

「……えっ？」

「違法なアプリ運営に協力してた以上、お前も共犯だ、後がねェぞと脅してカチコミ行かせろ。小塚は最初っからロクな勤務態度じゃなかったのを、高ぇ金払って雇ってたんだ。そのくらい泥被せてやれ」

――野口は、小塚に辞められたくないから、サボりを見逃していたのではなかった。

そういう人間なのだと判断し、いつか来る「使いどころ」まで残しておいただけなのだ。

しかもわざわざ牧村のシノギを手伝わせ、小塚を追い詰める準備を整えていた。そうやって野口は小塚と牧村、二人の退路を断ったのだ。

「やられたらやり返す。それが俺らの鉄則だ。わかったな、牧村」

「……！」

有無を言わせぬ口調に圧され、言葉が出ない。牧村は黙って引き下がるしかなかった。

居室に行けば、隣に小塚がいる。牧村は席に戻る気になれず、ふらふらと上の階の会議室へ向かった。会議室は総会が行われる為の部屋なのだが、普段は使われていないので、昼寝をしていたり、トレーニング機器を持ち込んで運動していたりする組員もいる。今日は先客がいなかったので、遠慮なく会議室の床に足を投げ出して座り込んだ。へたり込んだ、と言った方が正しいかもしれない。

「……ここって、やっぱ、暴力団なんだよなぁ……」

ただ広いだけの何もない空間に、呟きが響いて落ちていく。

今まで何度も何度も、同じことを繰り返し実感してきた。

牧村を笑顔で受け入れてくれた皆が、抗争で敵の命を奪う。一緒に和やかに食事をした相手が、裏では他の誰かに激しい暴力を振るっている。組を維持するためのシノギも、犯罪行為で稼いだものでしかない。

笑って泣いて、妻子の為に悩んで苦しんで、下の人間を思って自分が服役するような、アンパンマンのアニメを熱く語るような一面があっても、この事務所にいるのは力で奪い命を獲《と》り合うことを当然とする凶悪な人間たちであり――すなわち、暴力団は悪の組織なのだ。

それが、酷く切ない。

(……なんでここ、入っちゃったかなあ……)

窓の向こう、四角く切り抜かれた景色を、ゆっくり雲が流れていく。

「あれ、こんなとこいたんすか」

「……え」

「牧村さん、昼寝っすか？　俺も昼寝っす」

笑って会議室に入ってきたのは、小塚だった。今一番見たくない顔だ。

「……何やってんの、まだ休憩時間じゃないでしょ。電話番は？」

「面倒なんで、俺の携帯に転送設定しときました」

「……ワンコールで出ないと怒られるよ」

「そんなの気にしてんの、オッサンだけっすよ」

小塚は牧村の隣の壁際に腰を下ろした。同じように壁に背中を預け、手に持っていたレジ袋からガサガサと駄菓子を取り出す。

「昼寝じゃなかったの？」

「昼寝兼おやつっす」

「……よくまあ、そこまでのびのびサボれるなあ……」

「どうせ辞めるつもりの事務所ですし？　あと、ヤじゃないですか。暴力団事務所で真面目に働くの。悪事に加担してるみたいで」

「……その発想、なかったかも」

「マジっすか。大物っすね」

「言われてみれば、そうだよね。頑張れば頑張るほど、暴力団に協力していることになるんだから……」

（そうか、小塚は小塚なりに、暴力団と自分を線引きしてたんだ）

ただサボっていたわけではは——ただサボっていた気配も濃厚ではあるが、何も考えていなかったわけではないのだ。何も考えず、いや、自分のことしか考えていなかったのは牧村だけで。

……そして今も、牧村は保身ばかり考えている。

どうすればこの窮地を乗り切れるのか。

（うわ——もう！）

牧村は頭をわしゃわしゃとかき混ぜた。

（野口さんは小塚を脅せって言ったけど、脅すってどうやって⁉　それに脅して「嫌です」とか言われたらどうすりゃいいんだよ！　大体俺が強く出られるのって、自分の親だけだし！　この間までニートだったのに、脅迫とかハードル高すぎるって……！）

「どしたんすか？」

「い、いや……」

小塚の方を見られない。これから脅迫する側とされる側、どんな顔をするのが正解なんだろうか。小塚は沈黙を気にしていないようだったが、黙っているのも気まずいので、牧村は適当に話題を振った。

「……小塚ってさぁ、なんでここに就職したの？」

「最初はバイト探してたんすけど、フツーにここ、条件良かったんで、就職もありかなと思って」

レジ袋からうまい棒を取り出しながら、小塚は続けた。「人生初仕事が組事務所ってのも、すげえ経験ですよねー」

「人生初仕事？　バイト経験は？」

「ないっすよ。あー専門時代に、学校関係で働いたことはありましたけど、完全に外部のとこでやったことはありません」

それで小塚は社会常識がなかったのか、と牧村は腑に落ちた。もしかしたらまともな就職活動もしていないのかもしれない。ビジネスマナーや一般的な礼節がごそっと抜け落ちているのは、それが理由だと思えば納得ができる。

「俺もそんなにやってた方じゃないけど、普通のバイトもしてないって、珍しいね」

「体弱かったんすよねー。結構長く入院してて」

「……入院」

「ちょい面倒くせー病気にかかって、そんで小学校まともに行ってないんすよ。無事生還しましたけど、なんだかんだで中学ン時も入退院繰り返したから、家族にもすげー迷惑かけました」

（……何そのキツイ過去⁉）

予想外の告白に、牧村は動揺を隠せなかった。狼狽《うろた》えて目線を彷徨わせると、小塚がニッと笑う。

「高校ン時に完治したんで、もう大丈夫っす！　すんません重い話して。チロルチョコ食べます？」

「あ、う、うん……」

差し出されたチロルチョコを、のろのろと手に取る。ヌガーが中に入っているやつだ。子どもの頃は嫌いだったけど、最近は美味しさがわかるようになった。パッケージを開けて、口に放り込む。甘い。

「……小塚がかかってた病気って、何？」

「神経芽腫です。あ、マジで今はもうなんともないんで！　生きてるだけで丸儲け状態なんで、気にしないでくださいね！」

今日も夕方から、実家で姉貴の誕生会するんすよ！　と、小塚は笑った。

（神経芽腫って、がんじゃないか……！）

自宅のパソコン画面に表示された結果に、呻き声が漏れた。

（ゼロ歳から五歳までで発症が多いって、これ、ご家族も本人も滅茶苦茶大変だったんじゃないの⁉　高校で完治したって言ってたけど、それまでどれだけ辛い思いを……）

小塚は学校にまともに通えていないと言っていた。コミュ力が高そうなのに、友達もあまりいない様子だった。それはつまり長期入院をしていたからであり、やっと人生の再起第一歩を踏み出したところで就職先が暴力団事務所だったのは、あまりにも不運すぎる。本人は然程《さほど》気にしていなさそうではあるが。

（……小塚、悪いヤツじゃないんだよな……）

確かに仕事はサボるしムカつく言動も多い。叱っても響かないし、謝罪はするが反省をしているとは思えない。だがそれもこれも、重病で明日をも知れぬ日々の中で形成された打たれ強さだと思うと、小塚に対して抱いていた苛立ちが行き場を失っていく。

「そんな人間、カチコミに行かせるなんて……」

さすがにこれは無理だ。小塚を犠牲にはできない。

かといって、野口に「無理です」と断る勇気もない。

牧村は悩んだ。悩みに悩んで、そして。

自分で行くことに決めた。

銃声って結構響くなあ、というのが最初の感想だった。

それに拳銃の反動がすごい。連射で二発撃ったが、肩の骨が外れるかと思った。アニメや漫画はよく両手に銃を一丁ずつ持って撃つ描写があるが、あれで当てられるものだろうか。下手をすれば両肩が外れるんじゃないだろうか。

「か、カチコミだぁあ……！」

足を撃ち抜かれた前若頭派、別名小倉暗派の組員が、その場に倒れ込みながら絶叫した。

事務所に人のいなそうな時間帯を狙ったとはいえ、まだ他に誰か残っていたらしい。事務所のドアが弾かれるように開いたのを見て、牧村は後ろを振り返らずに駆け出した。

(あ、薬莢《やっきょう》拾ってきた方がよかったかな？　まぁいいか、どこ行っちゃったかわかんないし。えーと、この後どうしよう。家帰る？　帰っても仕方ないか。事務所に行って野口さんに報告しよう)

夜の闇に紛れ、牧村は事務所に向かった。頭の中は迷いと緊張の極地を通り越し、驚くほど冷え切っている。撃った瞬間こそ汗が噴き出したものの、駆け出した直後に何かが切り替わったようだ。銃をしまう手が震えたり、走る呼吸が必要以上に乱れることもない。異常事態すぎて脳がこれを現実と判断できていないのか、事務所に近づくにつれ牧村はより冷静になり、至って普段通りに、朝出勤する時のように穏やかに事務所に到着した。事務所のビルから少し離れた場所、道を挟んだあたりに警察官が立って周囲を警戒していたが、様子があまりにもいつも通りだからか、牧村の姿を見ても無反応だった。

「野口さん、行ってきました」

「ん？」

明日の総会の準備があると言っていた野口は、予想通り事務所に残っていた。

「お前、帰ったんじゃねえのかよ」

「帰ったんですけど、さっき行ってきて」

「どこに」

「小倉暗派の事務所です」

「は？」

「撃ってきました」

「うって？」

「組員の人、出てきたんで、ちょっと後追って撃ったら、足に当たって」

体感、三分くらいの沈黙があった。

「撃った⁉　組員撃ったの⁉　お前が⁉」

「え、だ、だって、拳銃で脅してこいって……」

顎を落とした野口に、牧村は「あれ？」と困惑した。言われたことをやっただけなのに、なんでこんなに驚かれるんだろう。やっぱり小塚を行かせなかったのは問題なんだろうか。でも小塚の話を聞いてしまったら、とてもじゃないが鉄砲玉なんてさせられない。

「そういう時は門とか壁でいいんだよ！　人撃っちゃったのかよ‼　つーかなんで自分で行くんだよ！」

「門とか壁……？　あっ」

そういえば戸山への銃撃も、戸山自身ではなく車のドアだった。それも無人の後部座席が狙われたのであり、運転席は無傷だった。ということは、人は撃たなくてよかったのか。

「えっ、でも……無人のとこ撃っても、脅しになんなくないですか？」

「なんだその発言、超武闘派か!!　これだから素人上がりは嫌なんだ！　素人の方が限度知らねえから!!」

声を荒げた野口は、バンっと両手で机を叩いた。牧村はびくっと肩を震わせる。

「あ、あのー……ごめんなさい……？」

「ごめんで済むかー!!」

「っ！」

怒鳴られて牧村は身を縮めた。ここまで野口がキレたのを見るのは初めてかもしれない。脅してこいと言われて頑張って脅してきたのに、やりすぎと怒られている。理不尽だ。だいたい最初から「何を」「どういう風に」撃てとも言われていなかったのに、納得がいかない。

「もう仕方ねえからお前自首して来い！　こんなん隠し通せねえよ!!」

「……自首⁉」

「元々小塚にやらすか、罪おっかぶせる気だったのに、小塚は今日実家帰ってんだろ！　アリバイありすぎて身代わりにできねえよ！」

（え、ええー……俺、やっぱ警察に捕まんの⁉）

うっすら覚悟していたとはいえ、牧村は絶望で目の前が暗くなるのを感じた。もしかしたらうまく野口が隠蔽してくれるのではと期待していたのだ。だがどうやらそれは不可能らしい。結局自分にも前科がついてしまうのか……と泣きたい気持ちになる。

「……あ、あのー……一応、聞くんですけど……これ、このまま自首しなかったらどうなります？　俺がやったって証拠がなければ、そのまうまく誤魔化せたり……とか……」

「それができるんならやってるわ！」

嚙みつく勢いで返された。

「これは『カエシ』だ。カエシってのは、どこの組がやったか明らかにする必要がある。少なくともウチの組じゃあそうしてきた。だから黙ってるわけにはいかねえんだよ！」

「カエシって、そんなルールなんですか⁉」

「そこから知らねえのかお前！　くそっ、誰だコイツに新人教育しなかったヤツ！　中村か！」

中村どうこうではなく、牧村はなんとなく流れで組員になり、うっかり幹部になってしまったために組員としての教育を受ける機会がなかったのだが、それはそれとして。

どうあがいても、牧村は自首だか出頭だかをしなくてはいけないようだ。

（で、でも……初犯だし……拳銃で人撃っちゃったけど、きっと執行猶予付くよな、大丈夫だよな……）

牧村が撃った男は足を押さえて倒れ込んでいた。とはいえ多分そんなに大きな怪我ではなくて、足を掠《かす》めたくらいで後遺症とかもなくて、現場もそう大騒ぎになっていないに違いない。だってアニメでは、銃で撃ち抜かれてもちょっと包帯巻いたりちょっと入院したりすれば綺麗に治っているのだから、きっとそうだ。うん、大丈夫だ。

そう無駄に自分を励ましつつ、牧村は野口が呼び出した弁護士から色々と話を聞いた。取り調べでの受け答えの仕方や、言っていいこと、悪いこと。裁判を好条件にするためのあれやこれやだ。野口からも服役中の過ごし方や簡単なルールなど教えられたが、それは何日か取り調べで勾留される必要があるので、念のため教えてくれたのだろう。大丈夫だ、絶対。

暫《しばら》く戻ってこられなさそうなので、牧村は小塚への書き置きも残した。小塚は普段から牧村の仕事を手伝っていたので、シノギを任せて大丈夫だろう。メインで使っているパソコンとそのパスワードに、いつか小塚か、小塚でなくとも誰かに後任を任せて辞める日を願ってコツコツ制作していたマニュアルを添え、野口に託した。

自首に時間はかけられない。最低限の準備を整え、牧村は弁護士とともに警察署に向かうことになった。車に乗り込むために事務所を出たのは午前四時前。夜明け前の、最も夜が深い時間帯だった。

「……暗い」

静まり返った路上で、牧村は一人呟いた。


そして牧村はあっさり、執行猶予なしの懲役五年を求刑された。

何もかもが夢の中の出来事のように過ぎていく中、牧村が我に返ったのは服役の為に髪を刈られている時だった。

（……五年？）

（え、懲役五年？　五年て五年？　俺、五年刑務所入るの？　嘘だろ？）

ガーッと音を立てるバリカンがうるさい。首回りがどんどん涼しくなって、寒気がする。パラパラと落ちていく髪は、牧村の代わりに外の世界との別れを告げているようだ。

（だってついこの間まで、ニートだったんだよ？　ニートやってると警察に捕まるんだっけ？　ニート罪ってあったた？）

現実逃避した牧村は、言われるがままに各種書類に捺印し、私物を預け、身体検査を受けて刑務所へと送られた。入れられたのは雑居房という複数人が生活する部屋で、牧村を含め六人が寝起きする。視界に入るすべてに現実味がなかった牧村だが、「お、新入りか！　何やった？」と楽し気に話しかけてくる歯のない受刑者や、上半分が透明ガラスになっていて、プライバシーゼロのトイレで衆目の中平然と用を足している受刑者の姿に打ちのめされ、これが現実なのだとようやく実感が湧いてきた。

（……な、なんでこんなことになっちゃったんだ……）

ショックのあまりまともに受け答えできない牧村に、同室の男たちが笑いかける。実刑を受けた犯罪者たちというだけあって全員どことなく悪そうな顔をしているが、暴力団事務所の面々の方が遥かに怖い。牧村は彼らと室内を一瞥《いちべつ》してため息をついた。それを怯えたと勘違いしたのか、男たちはどっと笑った。

「おいおい兄ちゃん、気持ちはわかるけどな、ここまで来ちまったら腹括《くく》れよ」

「男なんだからよ、諦めろって。そうそう、いい子にしてりゃ嚙みつきゃしねえよ」

「何歳だ？　随分若ェな、中学生か？」

「ガキくせェ顔してるよなあ、移送先間違ってんじゃねえか」

「で、何やった？　痴漢か？　オレオレ詐欺か？」

「──俺は、組員で」

「……組員？」

呟いた牧村の言葉に、その場が一瞬で静まり返った。

「ウチの組長に、色々あって。それで……俺が相手の事務所に、銃撃を」

「――組員」

「ってことは……カチコミ？」

「……は？　ちょ……マジか」

牧村をからかってやろうと身構えていた男たちの顔色が、見る間に変わっていく。牧村は虚《うつ》ろなままで聞かれたことに答えているだけなので、周囲の変化に気づかない。

「ど、どこの組だ……？　そんなデケェ組じゃねえよな……？」

「俺は……大判組傘下、今川組の、組員です」

今川組、と誰かが悲鳴のような声を上げた。

「この間組長が敵方を射殺した、超武闘派の組じゃねえか！」

「ば、馬鹿ッ、組長『さん』だろ⁉」

「そ、そうだ、すまねえ、あんたのオヤジを悪く言う気はないんだ、悪かった、な、な？」

突然媚《こ》び出した周囲に、牧村は不思議そうに首を傾げた。

（なんで謝ってんだろ、この人。……あ）

牧村は自首する直前、野口に言われたことを思い出した。

曰く、刑務所内でも上下関係はあるが、暴力団員、特に大判組の人間は、ヒエラルキーの頂点にあたる。なので一番最初にそれを周囲に伝えておけば、比較的穏やかな刑務所生活をおくることができる、と。

（――ああ、これかぁ……）

牧村は遠い目になった。

野口は牧村が長期の服役をするとわかっていた。だからアレコレと事前に教えてくれたのだ。現実が見えていなかった、いや、現実から目をそらしていたのは、牧村だけで。

（そうか、この場所に五年……俺はここで、五年過ごさなきゃいけないんだなあ……）

夜、布団の中で他の受刑者のいびきを聞きながら、牧村は天井を見上げた。

これから五年、この天井を見る暮らしが続く。自分はそれに耐えられるだろうか。……違う、もう耐える耐えない云々《うんぬん》の話ではない。実刑判決を受けた以上、それしか選択肢がないのだから。

絶望感に侵食され、牧村はさすがに布団の中で少し泣いた。

だが、その悲哀は長くは続かなかった。

翌日から始まった受刑者としての暮らしが、それほど苦痛ではなかったのだ。――と、いうか。

（ここ、安全が保障されてんだもんなぁ……）

刑務作業である家具の組み立てをしながら、牧村はしみじみ思った。

生活のすべてを管理され、趣味嗜好《しこう》も制限されている日常は辛いといえば辛いのだが、刑務所に来る直前までの方がキツすぎた。抗争だの銃撃だのが当たり前のあの世界は、やっぱり異様だったと思う。牧村にとって周囲は優しく温かかったが、あの場所が暴力団事務所であると気づいた時の恐怖感は凄まじかった。シノギを上げなければ、どうにかして辞めなければという焦燥感は常に心を苛《さいな》み、今川興業という名の今川組に就職してしまって以来、ずっと牧村の神経は張り詰めっぱなしだった。しかしそのすべてが刑務所内では関係ないのである。牧村は解放感で鼻歌を歌いたい気分だった。

（前科ついちゃったけど、外にいたら俺も抗争で狙われてたかもしんないし、そう考えるとむしろラッキーかも？　それに五年後っていったら、今川組長も出所してる。あの人なら、俺が辞めたいですって言ったら、普通に辞めさせてくれるよな。中村さんだってそうだったんだし、最悪、警察を頼るって手も……）

実家の両親は犯罪者になった息子をどう思っているのか、若干気にはなりもしたが、意趣返しをしてやったという気持ちもある。

（あんな風に家追い出すんだから、息子がこうなる未来だって想定してしかるべきだよ。ここは反省してほしい。でもって、出所したら……）

釘を打ちながら、牧村は知らず笑顔になった。

(親が身元引受人になるわけだから、実家、帰れるじゃん。堂々と子ども部屋戻れるじゃん！　居座れるじゃん！　後のことは、その時考えよう！)

前科はついたが、未来は明るい。——ように、思えた。


時は少し遡り、牧村が自首した翌日の今川組事務所は、沈痛な空気に包まれていた。

牧村が自分でカチコミに行ってしまったという話を聞いた幹部一同は黙り込み、若衆も言葉を失っていた。

誰も彼もが口をつぐみ、軽口を叩くものはいない。何人かは事情説明を求めて野口に詰め寄ったが、肩を落として帰ってくるのみだった。この段に至っては、残された組員にできることは何もないのだ。

「……おい北岡、お前、牧村と色々話してたそうじゃねえか。変に発破かけちまったんじゃねえか」

戸山に言われ、北岡はやるせなく頭をかいた。

「……自覚はねェが、そうかもしれねえな。アイツ、なんだかんだで責任感強かったから、自分がやらなきゃって思っちまったのかもなあ……」

「下手すりゃあ、塀の中で一生終わるかもしれなかったのによ、牧村……」

「……俺らが行くべきだったよなぁ……」

幹部の間に、重い沈黙が落ちた。

「牧村は俺らのために散々尽くしてくれた。組の立て直しだって、アイツがいなけりゃどうにもできなかったんだ。なのに、俺らはそれに甘えて……」

「期待の星を、ム所に放り込んじまったんだな……」

「……幹部が動かなかったからだ」

誰かが沈痛な声を上げた。

「俺らみたいな、何もできねえ穀潰《ごくつぶ》しがシャバに残って、一番結果出してた牧村が務めなんて、あっちゃならねえことだった」

「その通りだ、及び腰だったのがいけねえ。オヤジの生き様見ていながら同じことできなかったのは、俺らがテメエに甘かったからだ」

「……次はねえ」

北岡の眼差しに光が灯る。

「次に泥被るのは、俺らじゃねえといけねえよ。こんな真似、繰り返させてたまるか」

覚悟を決めたのは、組員だけではなかった。

「えっ⁉　ま、牧村さんが逮捕⁉」

出勤してきた小塚は、事件のあらましを野口から聞いて言葉を失った。

「そうそう帰っちゃ来ねえぞ。人撃ったからな、長ェ務めになる」

(ひ、人撃ったって……あの大人しそうな人が⁉)

小塚は一歩後ろに下がった。さすがの小塚でも、野口の言葉に平然としてはいられなかった。冷たい汗が背筋を伝い落ちていく。

(牧村さんてそんな人だったのか⁉　怖い！　ホンモノのヤクザじゃねーか！)

小塚の目から見て、牧村はカタギだった。

他の組員とは空気がまるで違うし、経歴だってごく普通だった。今川興業に入社した経緯も、フロント企業に騙されたとしか思えず、なので牧村は、組員とは名ばかりの一般人だと思っていた。だが、そうではなかった。牧村は「本物」だったのだ。

言いようのない恐怖が小塚を襲う。

(やっぱこんなとこで働いてたらダメだ……！　とっとと逃げないと！)

このまま走って出て行ってしまおうか。都合よく外には警官が張っている。全力疾走で事務所を飛び出して、警官に縋《すが》ればなんとかなるのでは……そう思った小塚だったが、

「牧村から、これ頼むってよ」

野口に差し出されたメモを見て、逃げかけた足が止まった。

「……これ……牧村さんのパソコンのパスワード……？」

「そこに運営マニュアルと裏帳簿が入ってるから、お前に任せると」

「ええっ⁉　俺に⁉」

牧村のシノギの全体額は莫大であり、当然、それを管理する責任は想像を絶する。冗談じゃないと思ったが、その金が組の運営の一端を――いや、大半を担っていることも知っているので、小塚はその場で断れなかった。相手が牧村だったなら「嫌っス」「無理っス」と軽く返せるが、相手はほとんど話したこともない事務所のトップの野口で、今日の野口には凄まじい圧力があった。眼光鋭く口数も最低限で、牧村の事件に苛立っているのか悲しんでいるのか、存在に硬質の重量感が増している。反論なんてとてもできなかった。

(こんなん渡されたって、困るよ……俺だってとっとと逃げなきゃヤベーのに)

メモ紙を見ながら廊下を歩いていると、トイレから出てきた幹部が「おう、小塚」と笑いかけてきた。

「おまえ、命拾いしたなぁ」

「命拾い？」

小塚はその幹部の名前を知らない。古参の一人であることは間違いないのだが、滅多に事務所には来ないのだ。だが向こうは小塚をよく知っているらしく、親し気に話しかけてくる。この奇妙な、ある種の狂気じみた陽気さは暴力団特有のもので、カタギからすると恐怖を誘う。

「お前、あんまサボってっから、今回の鉄砲玉やらされるとこだったんだぞ」

「……ハイ⁉」

「それを牧村が自分で行っちまったんだ。どういうつもりか知らねえが、良かったな。感謝しろよ」

（う、嘘だろ……⁉）

幹部は笑って去っていったが、小塚は動けなかった。力を失くし、へなへなとその場にうずくまる。

（だ、だって、組事務所に銃撃だよ⁉　人撃ってんだよ⁉　下手すりゃその場で相手方に捕まって殺されるじゃん！　牧村さんは無事帰って来たけど、これ、懲役何年⁉）

小塚は幼少期からの友人に、闇金融業者がいる。そのため一般人よりは、裏稼業に関する法律の知識があった。

（銃刀法の所持は罪が重いって聞いてる。単純所持でも一発で長期刑だって……それを使用して人に危害加えてんだから、一年や二年じゃ済まないよな⁉）

銃、という単語に改めて身震いした。あの柔和そうな牧村が人を撃ったのか。どんな顔をして、相手を撃ち抜いたのだろう。いや、それ以上に……。

（あの人、まだ二十代だろ⁉　その二十代を、なんで服役で使い果たしていいって思えるんだよ！　そんなん、俺に押しつけりゃよかったじゃねえか！　なんでだよ……）

小塚は幼少期の大半を病院で過ごした。そのせいかはわからないが、自分が他人より幼いという自覚がある。その幼さを異性の友人には面白がられたが、同性からは馬鹿にされた。幼さゆえに下に見られたのだ。友人がいないわけではないし、話し相手に困るような気質でもない。それでも常に馬鹿にされ、軽く扱われているという事実は寂しさとなって小塚の心に降り積もった。

そんな小塚に、牧村は誠実に向き合ってくれた。

『わかんないところあったら聞いてね。のんびりでいいから』

『えっ、これやっといてくれたんだ！　助かるよ、ありがとう』

『今までこういうことできるの俺だけだったからさ、小塚が来てくれて本当に良かったよ』

頭に浮かぶのは牧村の笑顔だ。

小塚はここが組事務所だからと、真面目に働かなかった。今時の暴力団なんてそうそうカタギには手を出せないのだと、甘く見てサボってばかりいた。なのに、牧村は……。

「牧村さん……」

――小塚は、牧村に助けられた。

幹部がああ言った以上、今川組は小塚を追い詰め、鉄砲玉をさせるための手段を用意していたのだろう。牧村は独断でその計画を踏みにじり、小塚を庇って自分が犠牲になってしまった。自分の人生を差し出して、小塚を助けてくれたのだ。

（ここで逃げるのは、違う）

小塚は立ち上がった。手の中のメモをお守りのように握りしめ、廊下を走ってさっき出てきたばかりの応接室のドアを勢いよく開ける。どこかに電話をかけようとしていたらしい野口が、携帯を片手に目を見開いた。

「なんだ、小塚」

「野口さん、いえ、野口若頭！」

小塚は背筋を伸ばす。精一杯声を張り上げた。

野口だけではない、事務所中に届くように、皆に小塚の覚悟を伝えるために。

「今まで、本当にすんませんでした！　俺が牧村さんの残した仕事、全部やります！　心入れ替えて、一からやり直します！」

息を吸い込んで、宣言する。

「俺を今川組に入れてください！　牧村さんの帰りを、一緒に待たせてください……！」

ここはもう、逃げ出したい場所ではない。

小塚にとって、守るべき場所になったのだ。


——時は過ぎ。


小倉暗派と越庵派、前若頭派と代表派の抗争は、静かに収束した。

もともと上層部は穏便に終わらせようとしていたところを、一部の過激派が今川組を襲撃。そのカエシが迅速に、強烈に行われたことで諍《いさか》いの火に冷や水がかけられた。余所の組とシマ争いをするのならともかく組を二分する内紛では、身内を削り合うだけで得はないという現実を、双方が実感したのだ。

しかし代表が手打ちを持ちかけても、前若頭である柏木忍《かしわぎしのぶ》はそれに応じなかった。旧友の治慢組組長、伊佐治隆司《いさじたかし》とも一切の連絡を絶ち、郊外の自宅に引きこもった。

前若頭に付いた組のいくつかは緩やかに代表側に戻り、抗争は形骸化。何らかの処分を下さねばならない以上、破門か絶縁となるだろうというのが大方の予想ではあるが、ひとまず争いは静まったのだ。

そしてこの結末には、今川組の幹部、牧村ユタカの行動が大きく貢献している。

自らの親分を追いつめ、兄貴分の車を襲撃した敵組織の事務所に単身赴き、組員を撃って自首したその行動は、正しく今川辰雄《たつお》の子分であると周囲に言わしめた。

しかも服役中も、組の運営のために自分のシノギを残していったのだ。自分を犠牲にすることを厭《いと》わず、組の為にここまで尽くす人間が、このご時世他にいるだろうか。

牧村ユタカという名が、裏社会で英雄化するのに時間はかからなかった。


今川辰雄は、組に戻らなかった。

出所後、その足で大判代表に挨拶に行き、辞めさせてくれと頭を下げたのだ。

それから一年。

街角の小さな革小物の工房に、店主を務める今川の姿があった。

「中村ぁ、この間作ったヤツ、どこやった？」

「作ったヤツって、どれですか。鞄？」

「鞄じゃなくて、なんだ、その、ケースだケース」

「スマホケースっすか」

「それだ。一個売れたからよ、補充しねえと」

「わかりました、やっときますよ」

奥から出てきたのは中村だ。組を離脱して数年、現在はこの今川工房で、店員として働いている。中村は棚の上から箱を取り出した。手作業で仕上げられた深い色のスマホケースが、その中に収められている。

「飾るの、赤いやつにしときますか。見場がいいんで」

「おう、そうしてくれるか」

店内にはたきをかけながら言う今川を見て、中村は少し笑う。

「……こんな人生になるたぁ、想像してなかったっすよ」

「そりゃあ、俺もだ」

今川は服役中、刑務作業で革製品を作っていた。その時に革を扱う面白さに目覚め、出所後に工房を開いたのだ。最初の半年ほどは鳴かず飛ばずだったが、仕事の丁寧さから緩やかに人気を集めていった。注文制作も受け始め手が回らなくなってきた頃、今川は街を彷徨っていた中村と再会を果たした。

「オヤジが声かけてくれなきゃ、俺は今頃、なんかやらかしてム所入ってましたよ」

「なんだ、そんなに食い詰めてたのか」

「やばかったっすよ。特殊詐欺に手ぇ出す一歩手前で。本当にありがてェっす」

「はは、そりゃ俺もだよ。作れる数にゃあ、一人だと限度があるからな」

そうは言っても、今川は儲けるためだけに量産はしない。良い革が手に入らなければ顧客を待たせても仕入れ先を探すし、注文が立て込んでも手を抜かず、一つ一つ丁寧に仕上げる。そういう不器用な真面目さは、組長時代と変わっていないと中村は思う。

しかしその時代にそぐわない不器用さが、今川の心を離脱へと向けさせたのだ。今川の下では組の運営がうまくいかなくなっていたこと、今川の存在が若頭派から疎まれていたこと、自分自身の衰え、代表との距離感、そして、組を守るために犠牲になった子分たち。そういったすべての物が、今川辰雄という男を今川吾郎《ごろう》に戻す後押しとなった。

「吾郎さん、かぁ」

「ん？　なんだ」

「本名もカッコいいですよね、オヤジ」

「おいおい、店長って言えつったろが」

「俺もなんか、渡世名つけりゃよかったなあ。そしたら足洗った時、生まれ変わったー！みたいな気分になれたじゃないですか」

渡世名とは、主に暴力団員が用いる通名である。今川は背に龍の刺青が入っているため、大判代表その人が「辰雄」と名付けた。

「ところで、佐千子《さちこ》さんとは再婚しないんすか」

「またその話か。……いいんだよ、俺たちは」

「これ以上振り回しちゃ悪いって？」

「迷惑かけたくねえからなぁ」

通常、組の為に服役した人間には、組から慰労金が出る。上納金の一部だったりまた別の名目だったりするが、保険のように一定の金額を組でプールしておいて、服役者への慰労金に充てるのである。大きな組であれば、当人の服役中は妻子の生活についても組で面倒を見る。今川は服役前に妻の佐千子と離婚しているので家族への生活費は支払われなかったが、慰労金は受け取れるはずだった。特に今川は組長だったので、他の構成員より多い額が支払われるはずだったが、今川はそれをすべて断った。辞めるのだからと辞退し、代わりに組を頼みますと大判代表に頭を下げたという。

離婚前にほとんどの資産を妻に渡していたので、今川は決して裕福というわけではない。再婚すれば自分を養わせることになりかねないため、出所後の今川は佐千子に連絡を取ることを避けていた。それを繋げたのは、中村である。

「俺が出所して店構えてるって、佐千子にあっさりバラしやがってよ。ったく」

ぶつぶつ呟く今川だが、佐千子が初めて店を訪れた日には嬉しそうに顔が綻んでいた。それを思い出して中村はプッと吹き出した。

「そんな口調で言ってもダメっすよ。組でも有名なオシドリ夫婦だったんだから、とっとと再婚しちまってくださいよ。大体もう、店のシノギ……じゃなくて、店の売り上げも安定してるし、佐千子さんにゃあ迷惑かかりませんて」

「いいよ俺ぁ」

「よくありません。俺はあんたらが二人でニコニコしてんのを見るのが好きだったんだ。この件に関しちゃ引きませんからね」

「……ウチの息子は頑固だなぁ」

「オヤジの背を見て育ってますから」

こういう何気ない会話を交わせることが、今は心底嬉しい。中村はディスプレイを直して立ち上がり、作業中だった革を手に取った。光沢のある黒い革は、ビジネスバッグになる予定だ。長く使える、良い鞄になるだろう。

「……牧村が出所したら、なんかやりたいっすね」

牧村の件は、野口が組の新人、小塚を連れて今川工房に報告に来たので知っていた。牧村は今川が直接盃を交わした相手だったので、いくら今川がカタギに戻ったといえど、野口なりに筋を通しに来たのだろう。野口も組長代行で苦労をしているようだったが、必要以上のことは一切言わなかった。言えば法的にも心理的にも、離脱した二人にとって余計な足枷《あしかせ》になるとわかっているのだ。

「鞄はどうだと思ってたんだが、今時の若ェのは、革の鞄なんか使わねえか」

「ああ、俺も同じこと考えてました。鞄、いいじゃないですか。アイツのシノギはパソコン使いますからね。ノートパソコン入るヤツだったら、喜ぶと思いますよ。……いや、でも」

中村は僅かに眉を顰めた。「……もしかしたら、組には戻らねえかもしれませんが」

最後に中村が会った時の牧村は、組を抜けたいと言っていた。かなり思い詰めている様子でもあった。その牧村にどういう心境の変化があってカチコミに行ったのかはわからないが、もしかしたらそれを機に組を抜ける覚悟だったのかもしれない。今川のように、最後に組のために、あるいは誰かのために泥を被って。

「いや、アイツは戻ってくるよ」

その懸念を払拭するように、今川は笑った。

「牧村はカタギの社会じゃ生きられねえさ。本人はまだ、気づいちゃいねえだろうがな」

「……はい？　どういうことですか」

「俺が牧村に盃やろうって決めたのは、アイツの話を聞いたからだ」

はたきをかける手を止め、今川はブラインドを開けた。明るい日差しに目を細める。

「アイツはな、今まで生きてきて、誰の手も必要としてこなかったんだ。ダチはいねえ、恋人もいねえ、親は養ってくれるから必要なだけで、いなきゃいないでどうにでもなる。そしてその孤独を、アイツは気にも留めてなかった」

「……コミュ障ってやつですか？」

「違うな。コミュ障ってのは、人との関わり方が下手な人間ってことだろう。アイツはそもそも、関わりが必要じゃないんだ」

中村は首を傾げる。「それは単に、自立心が強い人間てことじゃないんですか」

「人ってェのはよ」

今川は自分の定位置、作業台の方にゆっくりと歩き出す。

「苦しいことがあった時、辛いことがあった時、壁にぶち当たった時、生き方に迷った時……自分の手に負えない何かに出会った時に、他人の手を求めるんだ。そうやって支えあって生きていく。これはカタギでも、極道でも変わりゃしねえ。だが牧村は、誰かの手を必要とする経験をしてこなかった。本気で悲しんだり苦しんだりしたことがねえし、乗り越えられない壁にぶつかったこともねえ。壁自体、回避して生きてきたのかもしれねえな。だから牧村の世界にゃ自分しかいなかった。物心つく前の子どもと一緒だ」

子どもは乳幼児期、自分と他人の線引きが曖昧だ。それが二、三歳を過ぎて他人と触れ合うようになり、刺激を受け、社会性を身に付けていく。

「牧村に成長のスイッチが入ったのは、組に来てからだろう。ウチの門くぐって初めて、自分一人だけじゃ手に負えない物がある世界を知ったんだ」

「……あぁ」

中村は事務所での牧村の姿を思い出す。組員の常識や裏稼業のこと、組の運営状況、そういったものを必死に聞いて回って助けを求める一方で、自分の仕事に関しては一切誰の手も借りなかった。野口と小塚の断片的な話から、その後のシノギもすべて、牧村は独力で立ち上げたようだった。

「そんな人間は、人の形をした違う生き物だよ。一般社会でやってけるはずがねえ」

「……能力が高すぎるってことですか？」

「そうじゃねえ。誰の手も必要としなかった自分に、違和感がねえのがおかしいってことだ。アイツと長く付き合えば付き合うほど、カタギの人間は薄気味悪さを覚えるだろうよ。中身のない真っ黒い化け物が、そこにいるような不気味さをな。だが、極道の世界でなら」

春の日差しを受け、今川は穏やかに笑う。

「渡世でなら、アイツは傑物として崇《あが》められる。組で物心つけられたんだから、他の生き方なんざできやしねえさ。結局のとこ、アイツは根っから極道なんだ」

エピローグ

「あ、桜だぁ」

刑務所の運動場で風に吹かれ、散歩中だった牧村は声を上げた。

青空の下、桜の花びらが宙を舞っている
「刑務所で桜が見られるなんて、思わなかったな……」

淡い色の花びらに、牧村は顔を綻ばせた。

（実家の子ども部屋からも、綺麗な桜が見えてたな。ここ数年は見飽きちゃって、ちゃんと眺めた覚えもないけど。でもここを出たら、子ども部屋に戻れたら、一人でお花見をするのもいいな。オレンジジュースとポテチとか、そんなんでいいから用意して……）

周囲では受刑者たちが、思い思いの運動をしている。天気が良い日には、運動場で三十分間自由に過ごすことが許されているのだ。社会復帰に備えて筋トレをする者、野球を楽しむ者、ベンチで休憩している者と様々だ。

（いい天気だなぁ……）

与えられた運動時間は、あと十分。

牧村は桜の花びらを追って、ゆっくりと歩き出した。

本書は書き下ろしです。
この物語はフィクションです。作中に同一の名称があった場合でも、
実在する人物、団体等とは一切関係ありません。

あとがき

子どもの頃、テレビでこんなワンシーンを見ました。

安っぽいアパートの一室、ひとりの男性が「やった！　俺の番だ！」と大興奮しています。彼はどうやら暴力団員の下っ端のようで、彼の同居人であろう水商売風の女性も大喜び。「サラシ巻け！」と叫ぶ男の腹に女はサラシを巻き、彼は意気揚々と鉄砲玉になりに行く……と。何の映画か、はたまたドラマだったのか、それも覚えていませんが、この場面は強烈に頭に残っています。

鉄砲玉になるということは、すなわち敵組織の誰かを害し、服役して前科がつくということ。それを喜ぶ理由は何なのか、当時の私には全く理解ができず、そのまま忘れ去って時が経ちました。

それを思い出したのは、二〇二〇年、裏世界ラボというユーチューブチャンネルの漫画動画、『ニート極道』シリーズのシナリオに着手した日のことです。鉄砲玉役が回ってきたことに快哉《かいさい》を叫ぶ男が象徴するように、一般社会に生きる我々には到底《とうてい》理解のできない感情や価値観が、暴力団には存在する。私はそれを可能な限り追って行くことにしました。

そして調べれば調べるほど、暴力団という存在に対して違和感を強く感じるようになりました。この違和感の正体を私なりに突きつめたものが、この『ニート極道』という作品になります。

ノベライズにあたり、非常に困った点がありました。本編である漫画動画、牧村シリーズは、当初ハイテンポなコメディとして世に送り出されており、そのため一話ごとの展開がスピーディで、最初の一・二・三話でなんと六年ほどが経過しています。牧村の五年服役が挟まるため、あっという間に時間が進んだのです。そして六・七年前を舞台にした当時と現在では、暴力団を取り巻く状況や組織犯罪に対する対策が、著しく変化してしまっています。

たとえば作中で牧村がシノギにしたオンラインカジノですが、動画配信時はまだ摘発事例はほぼありません。そのため牧村が目をつけたわけですが、この一、二年は警察が対策を強化した結果、摘発され逮捕者が出ています。また中村は元暴五年条項に苦しめられましたが、それでは組を辞めた人間が生きていけない、辞めることが出来ないということで、対応が緩和されつつあるようです。こういった現状とのズレが積み重なってしまった部分をどう描いていくか、予想外に悩まされました。あくまでフィクションであると、ふわっとさせてしまうのも考えましたが、裏世界ラボは「普通に生きていれば知ることのない社会の裏側を紹介していく」というコンセプトで始まっているチャンネルです。事実を大きく捻《ね》じ曲げることはチャンネルの趣旨から外れます。フィクションだと誤魔化すことは諦め、頭を抱えて執筆しました。

現在の日本において、暴力団は弱体化しています。それは暴対法や暴排条例といったものが功を奏した結果であり、今後も弱体化し、暴力団の数そのものが減少していくことは予測できます。作中にあります通り、国は暴力団を追いつめることに成功しました。

では、この後どうなっていくのか？　国は彼らをどうしていくつもりなのか？　もちろん、暴力団の経済活動や社会活動を制限し、締め上げ、反社会組織である暴力団の根絶を目指して圧力をかけていくでしょう。暴力団が悪であることは間違いありません。彼らはその名の通り、暴力による恐怖で人々を苦しめ、今もなお無数の組織犯罪を行っています。暴力団の存在自体が悪事の上に成り立っているのですから、良い暴力団などというものは存在しません。ヤクザだけど悪い人じゃない、という言葉も通用しません。暴力団員はあまねく悪い人です。ですが「悪人」と断じてしまうだけではなく、彼ら一人ひとりが、それぞれの人生を抱えた人間であることを、今後も『ニート極道』という物語で描いていきたいと思っています。

今回はノベライズという形のため私の名ばかりが表に出ましたが、本来の形式は動画であり、多くのクリエイターが関わって制作しています。全員が「よりよいものを」という一念で制作している作品ですので、このノベライズでご興味を持たれた方は、宜しければ動画もご視聴頂けますと幸いです。

最後に。この出版に尽力下さった宝島社の皆様、裏世界ラボチャンネルのクリエイター陣、苦難ばかりの道を一緒に走ってきてくれた運営さん、長く応援してくださっている視聴者の皆様、そしてここまで読んでくださった皆様、本当に有難うございました。

またいつかお目にかかることがあれば幸いです。

昨夏　瑛

裏世界ラボというユーチューブチャンネルで漫画動画の投稿を始めたのが2020年1月でした。一部実話を交えつつ、社会の裏側を取り上げる作品を創作していた中で、「ニートがヤクザになったらどうなる？」というテーマで作成したマンガ動画が非常に人気となりました。最初は二〜三カ月に一回更新されるシリーズだったのが、今となっては毎週公開となっています。

約二年近くは『ニートヤクザ』というタイトルで制作していましたが、ある時からテレビドラマなどの実写化を目指すようになり、「ヤクザ」という表記を改め『ニート極道』というタイトルに変更しました。

本書籍の出版は、『ニート極道』の実写化における大きな一歩だと確信しています。

このような機会を提供してくださった宝島社様、日頃より応援してくださるファンの皆様、創作に対して妥協のないクリエイターの皆様に改めてお礼申し上げます。

また、初めてこの書籍から「裏世界ラボ」というユーチューブチャンネルを知ってくださった方には、ぜひユーチューブもご視聴頂けますと幸いです。

（動画のほとんどが今作の著者である昨夏 瑛氏の書き下ろしてくださったシナリオです）

今後、人間的に成長していくキャラクターたちだけでなく、『ニート極道』という作品が成長していく様子を応援いただけると幸甚です。

裏世界ラボ　運営

装画……………………………… ハル胡乱
YouTubeイラスト…… カズシタ
装丁・中面デザイン…… bookwall
DTP…………………………… 柳本慈子
校閲・校正 …………………… 加島小百合
編集…………………………… 宇城卓秀（宝島社）・吉原彩乃

昨夏《さっか》 瑛《えい》／裏世界ラボ

登録者数48万人超のマンガ動画系YouTubeチャンネル「裏世界ラボ」の脚本担当。「裏世界ラボ」は、一般にあまり知られていないダークで奥深い“裏話”をフィクション作品として公開。現在は、その中でも特に人気の作品『ニート極道』をシリーズ化して連載中。

ニート極道

気がつけばヤクザになってました

2024年4月26日　第1刷発行

著　者　昨夏 瑛／裏世界ラボ
発行人　関川 誠
発行所　株式会社宝島社
〒102-8388
東京都千代田区一番町25番地
電話　営業：03-3234-4621
編集：03-3239-0599
https://tkj.jp
印刷・製本　サンケイ総合印刷株式会社

ISBN 978-4-299-05248-3